SÖNKE C. WEISS

Hope.

Das zweite Leben
der ehemaligen Kindersoldatin
Christine Hope

Brendow
VERLAG + MEDIEN

Das Deutsche Bündnis Kindersoldaten hilft bei öffentlichkeitswirksamen Aktionen gegen die Rekrutierung von Kindersoldaten, weist auf Unterrichtsmaterialien hin und betreibt Lobbyarbeit:
www.kindersoldaten.info/Über+uns.html

Dokumente zur Problematik Kindersoldaten in deutscher Sprache findet man auf: www.worldvision.de/kindersoldaten/norduganda/content/f/fa.php

Besonders empfehlenswert ist die Diplomarbeit von Vivien Urbach »(Ge)wehrlos – Das Trauma ehemaliger Kindersoldaten«

Wolfgang Niedeckens Rebound-Projekt finden Sie auf:
www.jack-wolfskin.com/rebound/de/Projekt-Rebound-2.aspx

gefördert durch

eed
Evangelischer
Entwicklungsdienst

Bibliografische Information der Deutschen Nationalbibliothek
Die Deutsche Nationalbibliothek verzeichnet diese Publikation in der Deutschen Nationalbibliografie; detaillierte bibliografische Daten sind im Internet über http://dnb.d-nb.de abrufbar.

ISBN 978-3-86506-410-3

Einbandgestaltung: Brendow Verlag, Moers
Titelfoto: Sönke C. Weiss
Satz: Satzstudio Hans Winkens, Wegberg
Druck und Verarbeitung: CPI – Clausen & Bosse, Leck
Printed in Germany

www.brendow-verlag.de

Inhalt

FÜR NINA

Vorwort

»Please, Mister, promise not to forget us.«

Die nordugandischen Flüchtlingslager glichen kleinen Städten, in ihnen lebten 10 000, manchmal 20 000 Menschen. Dicht an dicht standen die strohgedeckten Rundhütten, nicht wie in den zurückgelassenen Dörfern, wo viel mehr Platz zwischen den wenigen Unterkünften gewesen war und die Wege und der festgestampfte, mitunter marmorglatte Lehmboden in den Hütten blank gefegt gewesen waren, wo die Menschen ihre Felder bestellt hatten und die Beziehungen zwischen den Familien gewachsen waren. In den Lagern war das nicht mehr möglich. Den Männern war ihre traditionelle Rolle als Oberhaupt, Beschützer und Ernährer ihrer Familien abhandengekommen, viele von ihnen kauerten im Dunkel ihrer Hütten, fühlten sich nutzlos, überflüssig, gaben sich dem Suff hin und ließen ihre aus Resignation geborene Wut an den Frauen aus, die versuchten, das Leben in Gang zu halten. Es herrschte eine qualvolle Enge, zu viele Menschen waren auf viel zu wenig Raum untergebracht, allesamt Opfer des Bürgerkriegs, der Chance auf ein friedliches Leben in Selbstbestimmung und Freiheit beraubt, so wie Sönke C. Weiss es in diesem Buch einprägsam beschreibt und in eine Welt mitnimmt, die den wenigsten von uns bekannt ist. Gott sei Dank. Norduganda zu Beginn des neuen Jahrtausends ähnelte einer Hölle auf Erden.

»Please, Mister, promise not to forget us.«

Das habe ich nicht getan.

Oft unterhielt ich mich mit meinem Freund Manfred Hell über das, was ich in Uganda gesehen hatte. Er hörte mir zu, beharrlich, aufmerksam, ich nahm ein Interesse wahr, das weit über höfliche Neugier hinausging, ich merkte es an den Fragen, die er stellte, und daran, dass er sein Erschrecken, seine Bestürzung über das Geschilderte zuließ und nicht sofort wieder überdeckte mit leicht Dahingesagtem, was einem Rückzug ins Unverfängliche gleichgekommen wäre. Ich schlug ihm vor, mich bei meiner nächsten Afrikareise zu begleiten. Gemeinsam mit Sönke C. Weiss, von dem ich viel über diesen Teil Afrikas gelernt habe, reisten wir 2007 nach Norduganda, wo wir Flüchtlingslager besichtigten und mit ehemaligen Kindersoldaten sprachen. Unter anderem auch mit Hope, der Heldin dieses Buches. Für mich war das die Erneuerung früherer Erlebnisse, noch immer erschütternd, noch immer unbegreiflich, aber nicht mehr mein ganzes Denken und Fühlen so in Frage stellend wie beim ersten Mal, als ich, angesprungen von Hilflosigkeit und Trauer, viele Augenblicke lang den Boden unter den Füßen verloren hatte: Wir gründeten das Rebound-Projekt, ein umfassendes Resozialisierungsprojekt zur Verbesserung der Lebensbedingungen von Kindern und Jugendlichen, die vom Krieg betroffen sind. Mein Song »Noh Gulu« war mein erster Versuch, der Ermahnung des kleinen Mädchens aus Norduganda gerecht zu werden.

»Please, Mister, promise not to forget us.«

Die BAP-Fans reagierten großartig, über 60 000 Mal luden sie den Song auf ihre Festplatten runter und ließen sich dafür nicht lumpen. Sie stellten uns mit ihren Spenden so viel Geld zur Verfügung, dass wir zusammen mit den bereits vorhandenen Mitteln über ein ansehnliches Grundkapital für unser Rebound-Projekt verfügten und in das Stadium konkreter Planungen einsteigen konnten. Mittlerweile gibt es in Norduganda drei Rebound-Berufsschulen. Da im benachbarten Ost-Kongo nach wie vor große Not herrscht, haben wir ein zweites Rebound-Projekt in der Beni-Region ins Leben gerufen. Bei unserer Arbeit legen wir großen Wert auf die

Kooperation mit staatlichen Einrichtungen vor Ort. Auch wenn der Weg beschwerlich ist, es tut sich was.

Umso mehr überrascht es mich immer wieder, dass mir in schöner Regelmäßigkeit in Interviews die Frage gestellt wird, ob man mit Musik denn wirklich etwas bewirken könne. Eigentlich verstehe ich die Frage nicht. Jeder, der das Wirken von Leuten wie Bob Geldorf oder auch Bono und Sting öffentlich belächelt und in den Schmutz zieht, kann heute mit allgemeinem Applaus rechnen. Wenn man nur Münzen hochwirft und darauf wartet, dass weder Zahl noch Krone kommen, kann man nichts falsch machen. Die Arme vor der Brust zu verschränken und sich in Zynismus zu flüchten, weil man nicht in der Lage oder zu feige ist, selbst aktiv zu werden, ist nicht nur der bequemere, sondern auch die angesehenere Variante. Der Vorwurf des »Gutmenschentums« funktioniert verlässlich als Totschlagargument. Er diffamiert den Engagierten und lässt gleichzeitig in einer perversen Verkehrung das eigene Nichtstun als das moralisch richtigere Verhalten leuchten.

»Please, Mister, promise not to forget us.«

Wer Afrika und ihre Menschen ebenfalls nie vergessen hat, ist der ehemalige Bundespräsident Horst Köhler. Ich hatte ihm immer wieder von meinen Erlebnissen in Gulu berichtet und ihm den ersten Teil von Hopes Biografie gegeben. Offensichtlich war ich damit an die richtige Adresse geraten. Köhler plante einen Staatsbesuch in Uganda, und obwohl Präsident Yoweri Museveni alles andere als begeistert davon war und sogar behauptete, man könne den Bundespräsidenten nicht standesgemäß nach Gulu einfliegen, ließ sich Köhler nicht davon abbringen, die Stadt selbst in Augenschein zu nehmen. Museveni hätte ihm lieber den halbwegs intakten Süden des Landes vorgeführt, aber gegen Köhlers Beharrlichkeit kam er nicht an, in einem persönlichen Telefonat gab er schließlich zähneknirschend sein Okay. Mit einer eigens vom Horn von Afrika nach Entebbe beorderten Transall-Maschine der Bundeswehr kamen wir im Februar 2008 in Gulu an, Köhler nahm seine Ohrenschützer ab und verließ das Flugzeug, ich fing den Blick des Bundespräsidenten auf und konnte ihn lesen, er sagte: Na also, geht doch. Köhler unterhielt sich lange mit Hope, Presse und andere Delegationsmitglieder waren nicht zugelassen, denn es ging dem Bundespräsidenten nicht um schöne Bilder, sondern darum, zuzuhören, sich auf Hope einzulassen und so vielleicht in einen Dialog zu kommen, über alles Trennende hinweg. Auch davon ist in diesem Buch die Rede.

Und davon, dass zwischen dem Start und dem Ziel immer ein Moment liegt, der das Vergangene abschließt und der Beginn von etwas Neuem ist.

Wolfgang Niedecken, Juni 2012

Einleitung des Autors

Wie es tatsächlich in Afrika aussieht, das weiß im Europa des 18. Jahrhunderts kaum jemand. Auf den Landkarten steht schlicht: *Hic sunt leones* – hier gibt es Löwen. Will sagen: Es ist gefährlich, seien wir besser vorsichtig.

Die Angst vorm unbekannten Kontinent ist bis heute nicht gewichen. Auf viele Menschen, speziell in Deutschland, dessen Kolonialzeit fast 100 Jahre zurückliegt, wirkt Afrika noch immer fremd, schwer verständlich und unwirklich. Die Bewohner kennen die meisten Menschen hierzulande nur durch die Medien, wenn wieder mal ein Bürgerkrieg ausbricht, eine Hungerkatastrophe aufflammt, über Aids, Korruption oder Kindersoldaten berichtet wird. Ich weiß, ich bediene das Klischee, aber es ist, was es ist.

Fakt ist: Derzeit gibt es schätzungsweise 300 000 Kindersoldaten, die meisten davon in der Tat in Afrika. In den zurückliegenden 20 Jahren sind mehr als zwei Millionen Kindersoldaten bei Kämpfen ums Leben gekommen, über sechs Millionen sind zu Invaliden geworden, ganz zu schweigen von den bis zu zehn Millionen Jungen und Mädchen, die für den Rest ihres Lebens unter seelischen Schäden leiden werden. Nüchterne Zahlen, die aus den Archiven der Vereinten Nationen stammen. Aber was genau verbirgt sich hinter dem Wort Kindersoldat?

Das Kinderhilfswerk UNICEF bezeichnet »alle Kämpfer und deren Helfer, die unter 18 Jahren sind«, schlicht und einfach als Kindersoldaten. Eine klare Definition, die bis heute aber nicht von der internationalen Staatengemeinschaft geteilt wird. Obwohl alle Länder dieser Welt im Verlauf ihrer Geschichte Kinder als Soldaten missbraucht haben. Ausnahmslos. Fakt ist also auch: Kindersoldaten sind keine Erfindung Afrikas.

Nur einige Beispiele: Bereits die römischen Heere kämpfen mit Tausenden von Kindern, als sie bis nach Großbritannien vordringen; während der Kreuzzüge gibt es zwei ganze Armeen von Kindersoldaten, eine in Deutschland und eine in Frankreich, die in den Orient marschieren. Napoleon verheizt unzählige Kindersoldaten auf seinen Feldzügen; während des amerikanischen Unabhängigkeitskrieges kämpfen sie auf allen Seiten; zum Ende des Zweiten Weltkriegs setzt die Waffen-SS Kinder ein, so ist etwa Günter Grass mit seinen nur 14 Jahren ein Kindersoldat gewesen. Ähnlich wie das Mädchen namens *Christine Hope*, von ihren Freunden und der Familie schlicht *Hope* genannt, das Sie in meinem zweiten Teil ihrer Biografie näher kennenlernen werden.

Ich bin mit *Hope*, zum Schutz ihrer Person habe ich den Namen geändert, seit nunmehr zehn Jahren eng befreundet. Sie ist ein Teil meiner Familie geworden, so wie ich zu ihrer Familie gehöre. *Hope* ist die Betroffene eines Bürgerkriegs, der von 1986 bis 2006 in Norduganda stattfand. Die Konsequenzen sind über Generationen hinweg zu spüren und werden wohl noch der nächsten mit in die Wiege gelegt werden. Den Begriff Opfer vermeide ich gezielt. Dies würde *Hopes* Persönlichkeit nicht gerecht werden. Sie will nicht *als Verlust* betrachtet werden. Obwohl sie ihr Dasein immer wieder in Frage stellt, sie zwischen den Stühlen steht, zwischen Tradition und Moderne. Wie Uganda. Wie der gesamte afrikanische Kontinent.

Für Hope ist es ein »unsagbar ernstes Glück«, leben zu dürfen, trotz aller Schwierigkeiten. Sie hält ihren Kopf über Wasser, auch bei stürmischer See, wenn alles um sie herum fast verloren scheint. *Hope* und andere junge Frauen in Norduganda sorgen unermüdlich für ihre Familien. Sie verdienen dafür mehr offizielle Unterstützung seitens ihrer eigenen Regierung in Kampala und unserer in Berlin. Dies zu fordern ist für mich keine neokoloniale Einmischung, sondern eine weltbürgerliche Verpflichtung, der ich in meiner Eigenschaft als Mensch und Christ Rechnung trage, weil ich an *Hopes* Zukunft glaube, so, wie ich an die Zukunft Afrikas glaube. Selbst wenn sich die Dinge nicht nach unseren westlichen Zeitvorstellungen ändern.

Hope und ich haben uns entschieden, dass sie den zweiten Teil ihrer Geschichte aus ihrer Perspektive erzählt, um authentisch zu bleiben. Im März haben wir uns in Norduganda getroffen und für mehrere Wochen zusammengesetzt. Das Buch ist das Ergebnis unserer Gespräche. Es will Ihnen Einblicke in die Gedankenwelt und das Seelenleben von *Hope* und den Menschen um sie herum geben. *Hope* indes möchte nichts weiter als ein gewöhnlicher Mensch sein. Doch die außergewöhnlichen Umstände in Norduganda hindern sie daran. Noch. Trotzdem wagt sie jeden Tag einen frischen Anfang. Weil *Hope* weiß, dass die Welt nur so gut ist, wie ihre Menschen es sein wollen. Egal, ob es dort Löwen gibt oder nicht.

Sönke C. Weiss, Juni 2012

Was bisher geschah

Am frühen Morgen des 12. Dezember 1996 weiß Hope noch nicht, dass sich ihr Leben in nur 17 Stunden für immer verändern wird.

Das Mädchen geht an diesem Tag zum Markt im nordugandischen Ayam, um dort Tomaten zu verkaufen. Die Zwölfjährige träumt von einem weißen Kleid, das sie sich am liebsten schon zu Weihnachten leisten möchte, um schön auszusehen im Kirchenchor, in dem Hope jeden Sonntag singt. Doch niemand kauft ihr Gemüse.

Enttäuscht kehrt sie nach Hause zurück und beginnt, auf dem Platz zwischen den Hütten ihrer Eltern ein Feuer zu machen. Zum Abendessen gibt es Maniokbrei. Wie immer. Hopes Familie ist sehr arm.

Wegen des Krieges und weil immer mehr Kinder von der *Widerstandsarmee des Herrn* unter der Leitung von Joseph Kony entführt werden, sind Hopes Eltern beunruhigt. Sie fürchten um Hopes Sicherheit und die ihres älteren Bruders James.

Hopes Großvater sagt: »Die Regierung in Kampala hat kein Interesse an uns. Wir sind Acholi. Wir sind die Feinde des Südens. Dieser Krieg ist unser Problem. Sagt unser Präsident. Das muss man sich vorstellen. Freiheit haben wir erst, wenn wir unser Land als einen Staat sehen und uns nicht mehr als Angehörige von Stämmen bezeichnen.«

Es muss so gegen 22 Uhr gewesen sein, daran kann sich Hope viele Jahre später noch genau erinnern, als schwere Stiefel gegen die Tür ihrer Hütte treten.

Gemeinsam mit 35 anderen Kindern werden Hope und James von den Rebellen entführt, wie auch ihr Vater. Hopes

Großvater wird erschossen, die Vorräte der Familie geplündert. 14 Tage Fußmarsch in den Südsudan folgen.

Von hier aus operiert die *Widerstandsarmee des Herrn*. Hier gewährt Khartums Regierung den Rebellen Asyl. Nicht aus Sympathie für Joseph Kony und seine Bewegung, sondern schlicht aus Eigennutz. Die Rebellen legen Landminen und töten die einheimische Bevölkerung, sie heizen den Konflikt zwischen Nord- und Südsudan weiter an. Dafür bekommen sie Waffen und Lebensmittel, und Khartum kann die Ölvorkommen im Süden ausbeuten. Käme es zum Frieden, müsste Präsident Umar al-Baschir den Gewinn teilen.

Auf dem Weg in den Südsudan sterben viele der Kinder an Erschöpfung und Durst. Das ist so gewollt. Die *Widerstandsarmee des Herrn* will nur die stärksten Jungen und Mädchen mit ins Ausbildungscamp Lubanga Tek nehmen.

Auf dem Weg wird Hope gezwungen, ihren geliebten Vater halb totzuschlagen. Die Rebellen wollen sicherstellen, dass es für Hope aus Furcht vor Strafe keinen Weg zurück in ihre Dorfgemeinschaft und Familie gibt. Sie gehört nun ihnen. Bis zum heutigen Tag macht sich Hope deshalb Vorwürfe, fragt sich, ob Gott ihr jemals verzeihen wird. Hope ist eine Christin, die ihren Glauben lebt. Weil er ihr Kraft gibt. Ein Rückzugsort ist. Oft ihr einziger.

Kurz nach Weihnachten erreicht die Gruppe ihr Ziel. Viel Schlimmeres steht Hope erst noch bevor. Das Hauptquartier der *Widerstandsarmee des Herrn* ist ungefähr so groß wie 20 Fußballfelder. Es besteht aus einem Exerzierplatz, den Hütten der Generäle sowie denen von Kony mitsamt seinen gut einhundert Frauen. Gegenüber dem Exerzierplatz liegt die Zeltstadt. Hier wohnen die Kindersoldaten. Es sind etwa 3000 Jungen und Mädchen. Hope beobachtet, wie die Kinder exerzieren, ihre Gewehre putzen, im Laufschritt aus dem Lager verschwinden. Andere Kinder kommen aus dem Busch zurück. Sie sehen erschöpft aus und tragen Säcke auf ihren Schultern, die sie auf einem ihrer Raubzüge erbeutet haben. Was Hope sofort auffällt, ist die Stille, die im Lager herrscht. Keines der Kinder spricht. Ab und zu hört Hope einen Schrei oder einen Befehl, mehr nicht.

»Sei ruhig, mach, was man dir befiehlt, nur dann überlebst du«, lautet die erste Lektion, die Hope von Salome, einer erfahrenen Kindersoldatin und wenige Jahre älter als Hope, gelehrt wird. Salome wird Hopes Mentorin.

Am darauffolgenden Tag müssen sich Hope, James und die anderen Neuankömmlinge auf dem Exerzierplatz versammeln und werden dort von Joseph Kony und seinem Stellvertreter Vincent Otti empfangen.

Kony sagt: »Wir töten keine Menschen. Wir töten nur böse Menschen. Ihr habt Glück gehabt. Ihr seid dem Teufel entkommen. Heute beginnt euer neues Leben. Eure Aufgabe wird es sein, den Teufel zu töten. Dafür werde ich euch belohnen. Ihr kommt in den Himmel. Gott hat mich gesandt, um Uganda zu retten. Er hat euch gesandt, um mir dabei zu helfen. Ihr seid meine rechte Hand. Gemeinsam sind wir stark. Aber nur ich allein bin euer Führer. Die Zeit des Lachens ist vorbei.«

Auf Hope wirkt Kony besonnen und gefasst, auch später, wenn er Befehle zum Töten gibt oder selbst tötet.

Unter der Aufsicht von Salome beginnt Hope mit ihrer Ausbildung zur Rebellin. Jeder Morgen beginnt mit einem Dauerlauf, der mindestens 15 Kilometer lang ist. Viele Kinder sind zu schwach, um die Strecke zu schaffen. Sie werden erschossen. Vor Hopes Augen. Für sie wird der Tod zum täglichen Begleiter. Wer sich nicht schnell genug auf die Erde wirft oder einfach nur Pech hat, der stirbt im Kugelhagel, andere Kindersoldaten später im Kampf oder an Malaria, an Schlangen- oder Skorpionbissen. Von jeder neuen Gruppe überlebt meist nur ein Drittel der Kinder, oft sogar weniger. Die Ausbildung dauert zwei Wochen.

Während dieser Zeit lernt Hope, wie man mit einer Kalaschnikow schießt, wie man einem Menschen die Kehle durchschneidet, wie man einen Hinterhalt plant und ausführt, wie man Landminen so legt, dass möglichst viele Zivilisten getötet und verletzt werden. Die *Widerstandsarmee des Herrn* ist straff und brutal organisiert, Widersprüche sind lebensgefährlich. Die Seelen der Kinder werden gebrochen. Die Regeln, die Hope lernt, sind eindeutig und einfach: Wer unaufgefordert redet, wird getötet. Wer zu fliehen versucht, wird getötet, Wer Befehle verweigert, wird getötet. Wer im Kampf verwundet wird, bleibt zurück.

Die *Widerstandsarmee des Herrn* ist eine Guerillaarmee, die den Kindern mit Aberglauben und Hokuspokus die Furcht vor dem Einsatz zu nehmen versucht. So muss sich Hope beispielsweise einen Stein in ihr Hemd einnähen.

»Wenn die Angreifer kommen, wirf ihnen den Stein entgegen. Ein großer Berg wird sich auftun. Er wird dich schützen«, erklärt der Ausbilder.

Hope muss auch immer eine Flasche Wasser bei sich tragen.

Der Ausbilder sagt: »Wenn die Angreifer kommen, schütte das Wasser auf den Boden. Ein großer Fluss wird sich bilden, und die Angreifer werden darin ertrinken.«

Konys Ziel ist es, Uganda eines Tages nach den Zehn Geboten zu regieren, einen Gottesstaat aus der noch jungen und wankelmütigen Demokratie zu machen.

Zum Denken hat Hope keine Zeit. Wenn sie nicht in den Busch zum Kämpfen geschickt wird, dann schläft sie vor lauter Erschöpfung bereits im Stehen ein. Nur ihr starker Überlebenswille lässt sie diese Zeit durchhalten.

Ihr Bruder James findet indes Gefallen am Soldatenleben. Ihm macht das neue Leben sogar Spaß. Für ihn ist es wie ein großes Abenteuer.

Bei einem ihrer gemeinsamen Einsätze verschwindet James

spurlos. Er wird nie wiederauftauchen, wofür sich Hope Zeit ihres Lebens die Schuld geben wird, weil sie nicht auf ihren Bruder aufgepasst hat. Salome, die zu ihrer Vertrauten geworden ist, stirbt bei diesem Gefecht. Nun ist Hope ganz auf sich allein gestellt.

Über ein Jahr ist seit der Entführung vergangen. Hope bewährt sich immer wieder im Kampf und hat mittlerweile auch Konys Vertrauen. Er schenkt sie Vincent Otti, der sie die kommenden Monate über immer wieder missbraucht. Hope wird schwanger, merkt dies aber nicht.

Am 26. Februar 1998 überfallen Hope und ein Dutzend Kindersoldaten Lira, ein Dorf in Norduganda. Hope spürt, dass sie nicht mehr im Sudan ist, sondern fast zu Hause. Sie ergreift ihre Chance, und während die anderen Kinder die Hütten plündern, schleicht Hope sich davon, nur, um wenige Augenblicke später in drei Gewehrläufe zu blicken. Man hat sie erwischt.

Hope erschießt einen der Jungen und rennt um ihr Leben. Die anderen verfolgen sie, doch Hope ist schneller und schafft es mit letzter Kraft zu einem kleinen Backsteingebäude, in dem Carlos Rodrigues lebt. Der spanische Missionar nimmt Hope auf und bringt sie nach Gulu, wo er sie in einem Rehabilitationszentrum für Kindersoldaten abliefert.

Hope hat eine Schussverletzung. Die diensthabende Krankenschwester kümmert sich um die Wunde und stellt fest, dass Hope ein Kind bekommen wird, sie im dritten Monat schwanger ist. Hope sagt: »Ich kann kein Kind bekommen. Ich bin ein Kind.«

Hope unternimmt einen Selbstmordversuch, wird aber in letzter Sekunde gerettet.

In den kommenden Wochen nimmt Hope an Einzel- und Gruppensitzungen teil, in denen sie von ihren Erlebnissen im Busch berichtet. Sie leidet unter Albträumen, Depressionen und Schlafstörungen, die nie wieder verschwinden. Hope beginnt auch, sich immer wieder zu schlagen, eine Art von Selbstbestrafung für das, was sie verbrochen hat.

»Wir leben alle in der gleichen Welt, in unserer Wirklichkeit. Wir haben schlimme Dinge durchgemacht. Nur wenn wir unsere Erinnerungen und was wir dabei empfinden teilen, kann es uns eines Tages besser gehen«, erklärt der Therapeut den Sinn und Zweck der Gespräche.

Hope gründet eine Theatergruppe. Mit Hilfe eines Bühnenstücks, das Hope geschrieben hat, versuchen die ehemaligen Kindersoldaten, den Menschen ihren Leidensweg dramatisch darzustellen. Das Stück wird von den Menschen wohlwollend entgegengenommen. Hope schöpft neue Kraft und Hoffnung. Sie sieht wieder eine Zukunft für sich und ihr noch ungeborenes Kind.

Schließlich bringt Hope eine Tochter zur Welt und nennt sie Maria. Gemeinsam mit dem Therapeuten fahren Mutter und Tochter zurück in Hopes Dorf, um sich dort ihrer Familie zu stellen. Hope fürchtet sich vor der Begegnung mit ihren Eltern.

Der Therapeut sagt: »Stell dir euer Wiedersehen nicht zu leicht vor. Viel ist passiert. Gib ihnen Zeit. Gib dir Zeit. Wir sind eine Gemeinschaft, in der alle das Recht haben, eine Sache anzunehmen oder abzulehnen.«

Hope entgegnet: »Ich habe ihnen nichts getan. Warum sollten sie Angst vor mir haben?«

Der Therapeut antwortet: »Sie wissen, was andere Kindersoldaten angerichtet haben.«

Die Dorfältesten sind auf Hopes Rückkehr vorbereitet. Frauen klatschen in die Hände und singen ein Lied. Der Dorfprediger geht auf Hope zu und besprengt sie mit Weihwasser, als Zeichen der Reinigung. Anschließend zertritt Hope ein Ei.

Der Prediger sagt: »Hiermit soll die Vergangenheit endlich Vergangenheit sein und ein neues Leben für dich beginnen.« Hopes Eltern schließen ihre Tochter in die Arme und freuen sich über das neugeborene Baby.

Im Herbst 2000 wird die ehemalige Kindersoldatin und junge Mutter Hope nach Winnipeg in Kanada zu einer UN-Konferenz eingeladen, die sich dem Thema Kindersoldaten widmet. Es ist das erste Mal, dass sie ihre Heimat verlässt, und das erste Mal, dass sie vor einer internationalen Versammlung spricht.

Hope sagt: »Noch heute spüre ich den Schmerz in meiner Seele, wenn ich an die Zeit bei der Widerstandsarmee des Herrn denke. Es fühlt sich wie eine große Wunde an, die nie ganz vernarben wird. Aber ich habe noch Glück. Meine Familie ist für mich da. Andere ehemalige Kindersoldaten haben es schwerer als ich. Sie werden nicht wieder von ihren Familien aufgenommen. Auch ich werde oft von Leuten beschimpft. Geh doch wieder in den Busch mit deinem Kind, sagen sie. Wir ehemaligen Kindersoldaten stehen zwischen den Fronten. Das möchte ich ändern. Deshalb bin ich hier.«

In diesem Moment sehnt sich Hope nach daheim. Wo sie zu Hause wo Hope glücklich ist. Der einzig wahre Platz für sie auf der Welt. Uganda. Heimat. Hopes innerer Frieden. Ihre Welt ...

KAPITEL 1

Grausamkeit ist verrückt

Zwölf Jahre später

»Ruf mich morgen früh an. Dann gebe ich dir eine Antwort.«

Er schweigt.

»Ich muss arbeiten. Wirklich. Verstehst du«, rechtfertige, nein, verteidige ich meine letzten beiden Sätze.

»Schön. Wie du willst«, sagt er eilig.

Offenbar ist er von mir genervt. (Wie sooft.) Die Verbindung wird unterbrochen. Bar jedes Gedankens, blicke ich auf mein Handy. Ich lege es auf die Fensterbank.

* * *

Ich atme tief aus und wünsche, ich könnte die gewöhnliche Beschaffenheit der Ereignisse so schildern, dass sie geradlinig in die Gegenwart führen, um zu verstehen, nein, um zu fühlen, wer ich heute eigentlich bin, was aus mir geworden ist, wie ich ihm entgegentreten, wie ich mich entscheiden soll; ich, die Konsequenz meiner Taten. Es fällt mir schwer. Ich versuche es trotzdem.

Die Nacht ist still, als ich entführt werde.

Der Sand, über den wir tagelang marschieren, ist heiß.

Die Machete glänzt im Sonnenlicht. Ich hebe sie auf.

Vaters Schädel zerbricht unter meinen erbarmungslosen Tritten.

Die Bilder lassen mich nicht los. Ich habe oft das Gefühl, dass mir im nächsten Augenblick etwas Schreckliches passieren könnte. Deshalb kann ich manchmal tagelang nicht meine

Hütte verlassen. Ich habe auch fortwährend große Angst vor anderen Menschen und bin immer froh, wenn ich allein sein kann. Wenn ich mit anderen zusammen bin, fühle ich mich total einsam und sehr unwohl. Mir sind Menschen fremd, und ich kann niemandem wirklich vertrauen. Dann bete ich das Vaterunser. Bei Gott finde ich Halt. Immer. Beständig. Manchmal. Selbst wenn es mir zuweilen so vorkommt, dass ich den Verstand verliere, ich bin nicht verrückt. Grausamkeit ist verrückt. Das ist die Wahrheit.

Und so weiter. Und so fort.

Meine Gedanken rasen durch meinen Kopf. Immer im Kreis. Wie ein Hamster in seinem Rad. Endlos. Sinnlos. Nutzlos. Aussichtslos. Vergebens. Wie mein bisheriges Leben. Worauf warte ich denn? Auf eine friedliche Zukunft? Auf ein Leben ohne Schuld? Dass mein Verlangen nach Strafe endlich stirbt? Zu was führt das? Zu nichts.

* * *

Ich sitze am Fenster. Ich blicke in den Himmel und lasse meine Gedanken weiter frei. Sie kommen mir beziehungslos vor. Flatterhaft. Es gibt eine Zeit, da gehören sie zu mir. Körper und Geist haben eine Einheit ergeben. Damit ist es vorbei. (War all das Gottes Plan für mich?) Obwohl es Nacht ist, mache ich mich nicht zum Schlafen bereit. Ein stickiger Geruch nach Bohnerwachs und billiger Seife füllt diesen Raum des Krankenhauses, der ehemals eine Lagerhalle war.

Ich bin hellwach und schaue zu, wie sich eine Wolke vor den Mond schiebt. Ich berühre die Narbe an meinem linken Oberarm, wo mich eine Kugel getroffen hat, als ich den Rebellen entkommen bin.

Damals.

Während einer anderen Zeit.

Einer anderen Epoche. (Nur eine Episode, ein Zwischenfall gar?)

Ich freue mich, dass ich gleich allein sein werde. Menschen können so anstrengend sein. Ich putze meine Armbanduhr. Ich will gut sein. (Bin ich das, ein guter Mensch?)

»Gute Nacht, Hope«, sagt Dr. Franklin zum Abschied.

Dr. Franklin ist ein freundlicher Mann. Er kennt meine Geschichte nicht. Mein Vorleben. Es muss mein Geheimnis bleiben. Sonst verschwindet sein Lächeln so schnell wie er. Ich muss vorsichtig sein. Immer auf der Hut. Die Gefahr im Visier. Ich will nicht wieder ausgegrenzt werden. So wie damals. Im Flüchtlingslager. Wo man mich wie eine Aussätzige behandelt hat. Wegen meiner Vergangenheit. (Niemand sollte seine Sünden einem Fremden beichten.)

»Wenn du mich brauchst, melde dich bitte«, fügt Dr. Franklin hinzu.

»Kein Problem«, antworte ich.

Seine Schicht ist vorbei. Meine beginnt erst. Ich lächle ihm aufmerksam zu. Er geht durch die Tür in die Dunkelheit. Ich fühle mich wohl. Endlich. Allein. Mit meinen Fragen, die beliebig, zufällig, willkürlich und ziellos scheinen. (Wie ich es bin?)

Ich trinke Tee mit Milch und Zucker. Mit viel, viel Milch und noch mehr Zucker. Ich liebe alles Süße. Mir bleibt nichts als Warten. Bis etwas passiert. Bis mich jemand braucht. Weil ich da bin. Niemand sonst.

Ob es den Sternen egal ist, was ich mir wünsche?

Ist mein Kern noch rein, so rein, wie Eltern ihre Kinder lieben, weil sie ihnen selbst abhandengekommen ist, die Reinheit? Wie soll ich mich in meiner Heimat weiterhin zurechtfinden? Ich bin nur ein einzelner Mensch. Fast niemand ist zurückgekommen außer mir. Wir sind tot oder in alle Winde verstreut. Wir, die eine Chronik teilen, die sonst niemand versteht. Nicht einmal unsere Eltern. (Gerade sie nicht.)

Zweimal, ja, zweimal hatte ich bereits die Gelegenheit, meiner Vergangenheit für immer den Rücken zu kehren. Einmal in Kanada, einmal in Deutschland. Ich hätte dort bleiben können. Ich habe es nicht getan. Weil ich stattdessen was getan habe? Weil ich gewählt habe. Zwischen Gerechtigkeit (für mich) und meiner Familie. Ich bin ein gutes Mädchen. Ich bin ein artiges Mädchen. (Dafür danke ich meinem Vater.)

Ich höre das Bellen eines Hundes. Hinterher heult er auf, als ob ihn jemand geschlagen hätte, damit das Kläffen nachlässt. Hunger habe ich nicht. Ich nippe an meiner Plastiktasse und putze erneut meine Armbanduhr. Ich bin ordentlich. Sauber. Ich schätze Gewissheit. (Das habe ich von meiner Mutter.)

Die Uhr ist billig gewesen. Sie ist aus Metall. Digital. Sie glänzt trotzdem. Ein Geschenk zu meiner bestandenen Prüfung zur Krankenschwester. *Für die Beste ihrer Klasse.* So lautet die Gravur. Ich schaue nach vorne, immer nach vorne. Nie nach hinten. (Ich meine das sprichwörtlich.)

Was nützt es denn, unsere Kinder die Vergangenheit zu lehren?

Sollten wir ihnen nicht vielmehr beibringen, ihre Phantasie zu entwickeln, nicht ihre Erinnerung? Wie soll denn der Nachgeschmack des Gewesenen ihrem Leben dienen? Oder meinem Leben? Mir. Christine Hope. 25 Jahre alt. Alleinerziehende Mutter einer zwölfjährigen Tochter und ehemalige Kindersoldatin. Geboren und aufgewachsen in der Perle Afrikas, wie wir so schön schwärmerisch und beinahe ekstatisch behaupten.

Ich lebe für Gott und mein Land. Nicht für Gott und mich. Nein. Für Gott und mein Land, dem ich dienen möchte, nein, will. Weil es was ist? Weil es mein Land ist.

So soll es sein. Weil es schon immer so war. Obwohl ich meine Zweifel habe, ja, mir gar bisweilen misstraue. (Ob Gott jemals zweifelt, verzweifelt, an uns?)

Heute, wo all das gegenwärtig ist, was ich besser vergessen sollte. Sämtliche Details meiner Entführung, meiner Jahre bei den Rebellen und des Krieges. Wer wen wann wo ermordet hat. Wie. Warum. Warum überhaupt. Zu welchem Zweck.

Was ist mit meinem Weg zurück in die Gesellschaft? Ins *Wir* also. (Das *Ich* existiert nämlich nicht. Es gibt nur das *Wir*.) War das nicht auch ein Kampf? Ist dieser Kreuzzug überhaupt schon beendet? Was heißt letztlich Frieden? Für mich. Für uns. Für die, die im Krieg waren.

Man hat mich rehabilitiert, wie es heißt. Mehrere Wochen lang. Ein paar Gespräche mit Gleichgesinnten. Ein bisschen Theater spielen. Ein paar Bilder malen. Das Erlebte auskotzen und wegwerfen, um es nicht zu verschlucken. (Meine Seele ist doch kein Mülleimer.) Und dann? Alles gut jetzt? Von wegen!

Niemand hat mich auf die Menschen vorbereitet, die mir nach meiner Rückkehr aus dem Busch begegnet sind, denen ich Angst gemacht habe, nur weil ich plötzlich vor ihnen stand. Sie fürchteten sich vor meinem Anblick. Weil, in ihrer Phantasie, ja, da war ich ein Monster. Eine Mörderin. Was wirklich mit mir passiert ist, danach hat niemand gefragt. Damit hat man mich allein gelassen, nein, damit hat man uns allein gelassen.

»Gute Reise, Hope. Mach was aus deinem Leben«, sagt der Therapeut zum Abschied.

Er muss sich um andere Kinder kümmern. Es gibt ja so viele von uns. Da kann man auf ein Leben keine Rücksicht nehmen. Ich bin dazu noch schwanger. Das bedeutet Doppelbelastung. Das geht gar nicht.

»Du packst das schon, Hope. Du bist gutes Material«, meinte der Therapeut zu wissen.

Erst heute, als junge Frau, weiß ich, dass jeder Tag ein Geschenk ist. Weil meine Geschichte, nein, unsere Geschichte, mit roter Tinte geschrieben worden ist. Es ist eine Geschichte des Tötens und des Vernichtens. Ich will, dass meine Tochter die Geschichte der Zukunft lernt, nicht die Geschichte der Vergangenheit. Das ist mein Wunsch. Mein Traum. Selbst wenn ich ein Mensch ohne Vorsehung bin. Das ist mein Schicksal. (Meine gottgesandte Prüfung?)

Ich stelle die Tasse weg und bemerke Abdrücke von Militärstiefeln auf dem Boden. Ich stehe auf, besorge mir einen Lappen und entferne sie. Der Dreck sitzt aber so fest, dass ich ihn nur mit meinen Fingernägeln abkriege. (Eine Klinik muss makellos sein.)

Es ist an der Zeit, meine Runde zu drehen und nach den Patienten zu schauen. Alle schlafen. Die 15 Betten des Spitals sind belegt. Keine besonderen Vorkommnisse. Routine. Ich kehre zu meinem Platz am Fenster zurück und notiere die Uhrzeit für meine Ablösung am Morgen. Ich blicke wieder aus dem Fenster. In der Scheibe spiegelt sich mein Gesicht.

Ich kann nicht sagen, dass ich mich besonders hübsch finde. Vielleicht war ich es mal. Ich sollte meine Mutter danach fragen. Für den *Face-of-Africa*-Wettbewerb hätte ich mich wohl nicht qualifiziert. Schade eigentlich. Mit einem anderen Gesicht und einem unschuldigeren Körper hätte ich sicher gewonnen. (Auch Freunde?) Ich habe Kolleginnen, die kürzen sich ihre Röcke, die lassen einen weiteren Knopf ihrer Uniformbluse offen, die machen schneller Karriere. Zum Beispiel Betty. Betty verbirgt ihre unappetitlichen Knutschflecken, wenn sie aus dem Arztbüro kommt. Insgeheim hofft sie darauf, dass er sie heiratet, Dr. Franklin. (Betty ist nicht die Klügste.)

Ich meine, sicher, grundsätzlich bin ich dankbar. Dafür, dass wir gesegnet sind. Nicht nur von Gott. Die Erde ist gut zu uns. Sie erwartet nichts. Außer unsere Hände. Unseren Schweiß. Ehrliche Arbeit. Jeden Tag. Wir könnten so glücklich sein. Aber, um die Wahrheit zu sagen, wir sind es nicht. Ich bin es nicht. Meine Eltern sind es nicht. Weil alles mit allem zusammenhängt. Was zufällig erscheint, ist doch bestimmt. Aus eigener Kraft vorwärtszukommen, das ist schwer, fast unmöglich, möchte ich behaupten.

Ich falte meine Hände. Wie zum Gebet. Denn diese Hände, meine Hände, sie haben noch viel vor. Ihre Zeit ist nicht abgelaufen. Eines Tages wird dieser böse Spuk vorbei sein. (Nicht wahr, Gott?)

Eines Tages werde ich die Augen öffnen. Wenn alles um mich herum noch schläft. Selbst die Natur. An diesem Tag wird alles wieder in Ordnung sein. Ich werde den Sonnenaufgang begrüßen. Mit meinem schönsten Lachen werde ich die ersten Strahlen umarmen, und meine Mutter wird mir ein leckeres Frühstück zubereiten. Meine Mutter. Ihr Name ist Angelina. Sie riecht nach Holzkohle. Ich mag das. Mein Vater heißt Joseph. Er ist mein lieber Vater, mein bester Vater, mein kluger Vater, mein gebildeter Vater. Er wird mir eine Geschichte erzählen. Von der Zukunft. Wie es sein könnte, wenn unsere Haut keine Narben mehr hat. Verschwunden. Weg. Wie durch einen Zauber.

Seine Stimme beruhigt mich. Seine sanften Worte umhüllen mein bitteres Herz, wie Zuckerguss ein zerbrechliches Gebäck.

Mein verschwundener Bruder wird wieder ein Kind sein. Ein kleiner Junge. Den was in der Welt kümmert? Gar nichts. Außer seine aufgeschlagenen Knie. Wenn er mal wieder vom Fahrrad gefallen ist. Denn nicht alle Soldaten sind Männer, und nicht alle Männer sind Helden. Ganz sicher nicht. Auch wenn wir das glauben möchten. (Immer wieder.) Weil wir Märchen und Gerüchte mit Wirklichkeit und Fakten verwechseln.

Armer James.

Erst heute Morgen haben wir seine Seele begraben. Jetzt sitze ich hier, blicke in die Nacht, trinke Tee, drehe meine Runden und lausche der Stille. Als ob nichts passiert wäre.

Heute. Aber es ist etwas passiert. Heute war ein besonderer Tag. Kein Tag wie jeder andere. Wir haben eine Entscheidung getroffen. Sie ist längst überfällig gewesen. Wir haben uns vor ihr gefürchtet. Weil wir gespürt haben, wie endgültig sie ist.

Wir haben bestimmt, dass sein *Tipu* nicht weiter verloren umherirrt. Sein Geist. Wir haben auf ihn gewartet, meinen älteren Bruder. Mehr als zwölf Jahre lang hat meine Mutter gehofft, dass er eines Tages wiederauftauchen würde. Wie ein Krebsgeschwür wucherte die falsche Hoffnung in ihr. Bis heute. Ich glaube, dass ihre Seele dennoch neben seiner liegt. Auf seinem Grabstein steht aber nur ein Name.

James.

Mein Vater kriegt von alldem nicht mehr viel mit. Er trinkt wieder. Jeden Tag. Immer mehr. Seit damals. Seit ich ihm das angetan habe. (Wir ihm das angetan haben?) Obwohl er schon einmal fast damit aufgehört hätte. Soll ich ihm deswegen Vorwürfe machen? Ich habe ihn zum Krüppel geschlagen. (Das ist die Wahrheit.)

Ja, ich bin für meine Familie verantwortlich. Ich werte dies nicht als Wiedergutmachung. Es ist selbstverständlich, dass ich sie ernähre. Meine Familie. Weil nur ich einen Job habe. Als Krankenschwester. Ich arbeite für umgerechnet 75 Euro im Monat. Mein Ziel ist ein anderes gewesen. Ich wollte Ärztin werden.

Einmal hätte es auch fast geklappt. Mit dem Studium. Das Geld dafür ist da gewesen. Nach der Rückkehr aus Deutschland. Doch dann. Aber wer weiß, womöglich erfüllt sich eines Tages mein Traum noch.

Im Grunde genommen gibt es aber keine Zeit mehr für mich. Es gibt nur das Jetzt. Das Heute. Jeder Moment ist kostbar. Ich schätze jeden Augenblick. Weil ich weiß, wie schnell sich alles ändern kann.

* * *

Vor sechs Monaten habe ich angefangen, in der Unabhängigkeitsklinik von Gulu zu arbeiten. Die Klinik ist wahrlich nichts Besonderes, und sie ist bestimmt nicht mit einem modernen Krankenhaus zu vergleichen. Gut, wir haben zwar seit kurzem ein Röntgengerät und einen Defibrillator, um akute Herzstillstände wiederzubeleben, aber fast nie Strom. Die Patienten kommen zu Fuß zu uns oder werden von ihren Angehörigen getragen. Es gibt keinen Krankenwagen oder einen Notruf. (Wir haben auch keine Polizei oder Feuerwehr.) Medikamente erhalten wir als Spenden aus Europa oder Amerika. Sie sind oft abgelaufen. Fleischwunden – Schnitte, Messerstiche, Verletzungen bei der Feldarbeit – behandle ich meist mit Jod, und wer wirklich ernsthafte Probleme hat, der sucht seinen Trost besser woanders.

Ich erledige alles. Bis auf Ausschabungen. Da mache ich nicht mit. Täglich kommen Mädchen zu uns, die sich weigern, ihr Kind auszutragen. Weil sie zu jung sind. Weil der Vater dazu fehlt. Weil sie Opfer eines Verbrechens geworden sind.

Ludmilla, eine Kollegin aus Moskau, die uns fortbildet, kümmert sich um diese Patientinnen, von denen manche alle zwei bis drei Monate auf der Matte stehen. (Ansonsten ist sie für die russischen Piloten verantwortlich, die in Gulu stationiert sind, um hier unsere Piloten zu richtigen Kampfpiloten auszubilden.)

»Wie gjeht's, meine En-gel«, begrüßt Ludmilla die Kindermütter mit ihrem russischen Akzent.

Zehn Minuten braucht Ludmilla für eine Ausschabung. Sie ist sehr geschickt mit ihren Händen. Hinterher gibt's für jede Patientin einen Keks und ein Glas Mangosaft. Dann darf sie wieder gehen. Zurück in die Schule. Nach Hause zu ihren Eltern. Oder aufs Feld zur Arbeit. Schnurstracks.

Gäbe es weniger Vergewaltigungen, gäbe es auch weniger Kinder. Primitiv, sagt die Vernunft, die uns mit anderen Ländern vergleicht. Es ist, was es ist, weiß ich.

Denn worauf es ankommt, ist doch, wie geschickt ich durchs Feuer laufe. Bis ich meinen Glauben wiedergefunden habe. Es ist nicht Gottes Aufgabe, sich um unsere Probleme zu kümmern. Das müssen wir schon selbst tun. Er weiß vermutlich, zu viel Treue, zu viel Vertrautheit, beides macht Verrat erst möglich, und, ja, vielleicht ist unser Wesen so zum Scheitern verurteilt.

Doch Gnade existiert, muss existieren. Weil ein Mensch, der nicht an Gott glaubt, zu was fähig ist? Zu allem. (Die Vergangenheit ist keine Rechtfertigung. Nur eine lahme Ausrede.) Es gibt nur das Leben. Und mein Leben ist hier. Es ist eine schmale Brücke, auf der ich gehe. Langsam. Aber nie zurück.

Ich öffne meine Thermosflasche und schenke mir Tee nach. Ich schaue auf mein Handy. Er hat sich nicht wieder gemeldet. Liegt ihm so wenig an mir, dass er auf mich hört, dass er tatsächlich die Nacht über auf eine Antwort wartet?

Das Handy ist mein Kontakt zur Außenwelt. Ohne es könnte ich meine Tochter nicht anrufen. Maria geht auf ein Internat im Pader-Distrikt, der gut vier Autostunden von Gulu entfernt ist. (Unsere Straßen sind eine Katastrophe.) Ich sehe sie meist nur während der Schulferien. Zu ihr zu fahren, nur für einen kurzen Sprung, das ist zu teuer. Meine Eltern leben wieder in unserem Dorf. In Ayam. Seit die letzten Flüchtlingslager aufgelöst worden sind. Nach 2007. Gut ein Jahr nach Ende des Krieges. Seitdem so etwas wie Normalität bei uns eingekehrt ist. (Ist es das?)

Ayam liegt ebenfalls im Pader-Distrikt. Das ist gut. So kann ich, wenn ich Maria besuche, auch gleichzeitig meine Eltern sehen. Ich bin vernünftig und spare, wo ich kann. Meist gelingt es mir nicht. Die Kosten für Miete und Nahrungsmittel steigen jeden Monat. Seit sich immer mehr Hilfswerke in Gulu niedergelassen haben, ums Doppelte. (Was die alle konkret machen, ist uns ein Rätsel.) Dazu kommt die ständige Inflation, die ich zwar nicht verstehe, aber in meinem Geldbeutel spüre.

Ich beobachte das Handy, als ob ich es mit meinen Augen überreden könnte zu klingeln. Ich kann es aber nicht. Er will tatsächlich bis morgen früh warten? Okay. Ich habe es ja so gewollt. Dann kann ich wenigstens in Ruhe arbeiten.

Ich bin für die Nachtschicht verantwortlich. Wie alle Neuen. Ich mag diese Arbeitszeit. Es ist wenig Betrieb. Ich kann nachdenken. Ich kann ich sein. Nicht immer nur uns denken. Das *Wir* im Auge haben. Ruhe also. Ruhe. Und Frieden. Wie bei einer großartigen Andacht.

Der Wasserdampf beschlägt die Scheibe. Vielleicht hätte ich mir was zu lesen für die Nacht mitnehmen sollen. Doch ehrlich gesagt, ich mache mir nichts aus Büchern. (Nicht mehr.) Ich ziehe meine Uhr auf. Es ist kurz nach Mitternacht. Eine Eidechse raschelt. Ich kann meinen Kopf nicht abschalten.

Ich quäle mich mal wieder mit der Frage, ob mir Gott jemals dafür vergeben wird, was ich getan habe.

Falsche Frage, antworte ich mir. Mal wieder.

Falsche Frage, Hope, falsche Frage.

Vergibt mir Gott dafür, was ich nicht tue? (Das ist die richtige Frage, du törichtes Mädchen.)

Also mache ich etwas aus meinem Leben. So, wie es schon als Kind mein Wunsch gewesen ist, etwas aus meinem Leben zu machen.

* * *

So, wie es mein Ziel ist, als ich vor zwölf Jahren von meiner ersten Reise zurück nach Norduganda kehre. Voller Enthusiasmus, Kraft und Lebensmut.

»Durchhalten. Du bist die Zukunft Ugandas«, sagt ein Delegierter und drückt mir einen 50-Dollar-Schein in die Hand. (Er meint es gut.)

Ich glaube ihm und bedanke mich. In Kanada ist das gewesen, wo ich vor den Vereinten Nationen gesprochen habe und man mich ernst genommen hat. Wirklich. Man hat mir applaudiert. Man hat mir Respekt entgegengebracht. Mir. Einem kleinen Mädchen aus Uganda. Was für mich natürlich wie ein kleines Wunder war. Ich hätte dort bleiben können. Als politischer Flüchtling. Das Angebot bestand. Doch meine Tochter ist noch ein Baby gewesen. Hätte ich es alleinlassen sollen? Mein Kind. Maria. Selbstverständlich nicht.

Ich wollte wieder nach Hause. So schnell es ging. Trotz des Krieges, und obwohl wir in einer bösen Umgebung leben. Zur Jahrtausendwende. (Ein neues Millennium beginnt, und Afrikaner kämpfen noch immer gegen Afrikaner.)

Oh, ich weiß noch genau, was ich denke, als wir kurz vor der Landung sind: Ob ich meinen Eltern wohl ein Lunchpaket aus dem Flugzeug mitbringen kann? Ich traue mich dann doch nicht, zu fragen. (Eine Ausgabe der *International Herald Tribune* nehme ich meinem Vater aber doch mit.) Herrje, was geht mir damals alles durch den Kopf. Ich will zwar nicht die Welt verändern, aber mein Land schon ein bisschen. Das hatte ich mir fest vorgenommen und bereits im Flugzeug Notizen gemacht. Einen richtigen Plan. (Mit 13 hat man noch Träume.)

Bei meiner Ankunft ist das Wetter schön. Wie eigentlich fast immer. Ich liebe unser Klima. Keine Wolken weit und breit. Der Tag erwacht. Das Flugzeug schwebt vollkommen ruhig auf Entebbe zu. Ich sehe den Viktoriasee. Kleine Fischerboote. Winzige Inseln. Die Gischt der Wellen. Grandios.

Das Flugzeug fliegt eine Kurve. Die Tragflächen schwingen leicht. Eine kleine Böe ergreift das Flugzeug. Es sackt, fängt sich wieder und steigt. Mein Nachbar seufzt. Er ist ein *Muno*, ein Weißer also. Deshalb die Nervosität. Er staunt über meine Gelassenheit. Ich finde das lustig. Ich habe keine Angst.

»Rüttelt ganz schön«, sagt er mit geschlossenen Augen.

»Ja«, antworte ich knapp.

Ich drücke mir die Nase am Fenster platt. Unter mir rotes Land und grüne Felder. Mein Land. Ich höre, wie das Fahrwerk ausgefahren wird. Ich sehe die Piste. Die Stewardess kontrolliert meinen Sicherheitsgurt.

»Froh, zu Hause zu sein?«, fragt sie mich.

»Sehr«, sage ich und lächle.

»Ist alles in Ordnung?«, fragt der *Muno* die Stewardess.

»Alles ist wunderbar«, beruhigt sie ihn.

Das Flugzeug landet. Ich kann es kaum erwarten, aus der Maschine zu steigen und was zu tun? Endlich meine Füße von den einengenden Schuhen zu befreien und wieder den roten, warmen Sand meiner Heimat zwischen den Zehen zu spüren. Gibt es ein schöneres Gefühl? Es ist sensationell.

Als ich aus dem Flugzeug steige, begrüßt mich die Hitze. Ich wische mir den Schweiß aus dem Gesicht und werde von den anderen Passagieren zum Einreiseschalter gedrängelt, wo ich meinen Reisepass vorzeigen muss. Meine Schuhe habe ich noch an.

»Kanada? Was hast du in Kanada verbrochen?«, fragt mich der Grenzbeamte am Schalter.

»Ich habe nichts verbrochen. Ich habe eine Rede gehalten. Vor den Vereinten Nationen«, antworte ich wahrheitsgemäß.

Der Mann lacht laut. Mir rinnt der Schweiß von der Stirn.

»Du? Eine Rede gehalten? Willst dich wohl über mich lustig machen«, sagt er.

»Nein. Will ich nicht. Ganz bestimmt nicht«, flüstere ich eingeschüchtert.

Der Mann guckt mich finster an. Ich fürchte, dass er mich nicht wieder einreisen lässt.

»Soso. Was erzählst du der Welt denn für Geschichten über uns?«, fragt er mit einem breiten Grinsen.

»Ich erzähle keine Geschichten«, sage ich, »ich spreche die

Wahrheit.« (Ich weiß, der Ursprung jeder Lüge ist die Respektlosigkeit.)

Wir blicken uns an. Ich erfahre nichts aus seinen Augen. Sie sind kalt und wie ausgelöscht.

»Die Wahrheit ist, kleines Acholi-Mädchen, dass dein Volk keine Verantwortung übernehmen will. Das ist so typisch für euch aus dem Norden. Warum soll es uns also interessieren, wenn ihr euch gegenseitig umbringt«, versichert er mir.

Ich blicke auf den Boden und hoffe, dass er mir bald meinen Pass wiedergibt. Ich sage lieber nichts. Bei der Widerstandsarmee des Herrn, den Rebellen also, habe ich gelernt, wann es besser ist, den Mund zu halten. Besonders wenn man einem bewaffneten Mann in Uniform gegenübersteht. Kurz darauf höre ich, wie er seinen Stempel in meinen Pass schlägt.

»Verzieh dich, Acholi-Mädchen, und bleib, wo du hingehörst. Ihr werdet nie Frieden haben, nie, glaub mir das«, knurrt er und drückt mir meinen Ausweis in die Hand. (Menschen glauben immer nur das Schlimmste.)

Rasch verschwinde ich. In einer gefährlich überfüllten *Matata*, einem Mini-Bus, fahre ich die 35 Kilometer bis nach Kampala, der Hauptstadt des Landes; dort angekommen, besteige ich einen Reisebus nach Gulu, der mich nach Hause bringt. Auf dem Heck des Busses steht *JESUS LOVES YOU.* Wir überqueren den Nil. Hier beginnt das Kriegsgebiet. An diesem Tag ist alles still. Ich habe Glück. Trotzdem spüre ich meinen Magen. Ob es wegen der Aufregung oder der Vorfreude auf meine Familie ist, weiß ich nicht.

Im Bus ziehe ich endlich meine Schuhe und Socken aus. Ich kann nicht länger warten. Es fühlt sich gut an. Wieder die Zehen ordentlich bewegen zu können. Ich staune über die Landschaft, die vor meinem Fenster vorbeizischt. Die unbestellten Felder. Die verlassenen Dörfer. Ausgebrannte Fahrzeugwracks. Menschen, die scheinbar ziellos ihres Weges gehen. Ich war zwar nur einige Wochen von zu Hause weg, trotzdem kommt es mir wie eine Ewigkeit vor. Alles sieht neu aus und spannend, als ob ich mein Land zum ersten Mal erleben würde. Neben mir sitzt ein Mann. Er schläft und schnarcht. Wahrscheinlich hat er sonst Langeweile. Mir geht es anders. Ich stelle mir vor, wie es wäre, wenn ich fliegen könnte. Irgendwann schlafe ich auch ein. Was vermutlich mit am Schaukeln des Busses liegt, in dem ich mich wie in einer Wiege fühle.

»Was wir brauchen, ist Regen«, murmelt mir der Mann später zu.

Ich wache auf und reagiere nicht auf seinen Kommentar. Ich lasse meine Augen geschlossen.

»Aber es regnet nicht«, fügt er hinzu und schläft wieder ein.

Ich bin nun wach und blicke erneut aus dem Fenster. Der Bus fährt jetzt im Zickzack, segelt geschickt um Schlaglöcher herum. Der Fahrer hupt, damit die wilden Paviane von der Straße verschwinden, schimpft über sie, gibt plötzlich Vollgas, hinein in eine Affenfamilie, erwischt aber zum Glück keinen und lacht laut.

Ich lache auch. Ich finde es lustig, weil ich erst 13 Jahre alt bin, nur ein weiteres Mädchen, von denen es ja so viele gibt und die einfach gerne Spaß haben.

»Ich bin nicht für die Rebellen«, sagt der Fahrer zu einem anderen Passagier. »Für mich ist das ein Dilemma. Ich würde die Rebellen unterstützen. Wirklich. Aber sie töten meine Leute.«

Der Passagier nickt und erwidert: »Auge um Auge. Zahn um Zahn. Nur so bringen wir den Menschen Disziplin bei.«

Eine Frau, die sich die Fingernägel malt, mischt sich ein: »Ihr macht mich krank mit eurem Gequatsche. Wie viele Jahre Krieg wollt ihr noch? 10? 20? Bis alle Acholi tot sind? Ich kann nicht mehr. Ich will nicht mehr. Wenn du den ganzen Tag Kühe schlachtest, verfolgen sie dich in deine Träume.«

Die Männer stimmen ihr zu, nicken und schweigen. Eine Stunde später sind wir am Ziel. Nach fünf Stunden Reisezeit. Der Fahrer hat sich beeilt und aufs Anhalten sowie Pausen verzichtet. Es wäre zu riskant gewesen.

Ein Motorradtaxi, oder, wie wir es nennen, ein *boda-boda*, bringt mich von Gulu ins nahe liegende Kalongo. Dort sind meine Familie und ich jetzt zu Hause, erfahre ich. Zurück in unser Dorf dürfen wir nicht.

* * *

Kalongo ist ein Flüchtlingslager. Hierher hat uns die Regierung umgesiedelt. Ich brauche mindestens zwei Stunden, bevor ich meine Eltern in diesem heillosen Durcheinander von Hütten, Menschen und Müll finde. Es stinkt.

Hier will man uns schützen. Vor weiteren Entführungen, sagt die Regierung. Meine Eltern sind den Anweisungen gefolgt. Was hätten sie sonst machen sollen? Die Angst, den Rebellen schutzlos ausgeliefert zu sein, ist stärker als ziviler Ungehorsam, den wir, wenn ich ehrlich sein soll, eh nicht kennen.

»Wir sind schon immer der Herde gefolgt. Hier denkt doch keiner für sich selbst«, sagt mein Vater querköpfig und wirft die leere Waragi-Gin-Flasche ins Gestrüpp.

Meine Tochter sehe ich nicht. Vermutlich ist sie bei meiner Mutter, beruhige ich mich. Zwei mir unbekannte Kinder rennen der Flasche hinterher. Sie fangen an, sich um das Glasgefäß zu streiten. Der Stärkere gewinnt und nimmt die Trophäe mit. Der Verlierer weint.

Willkür und Zufall entscheiden in Kalongo. Nicht das Recht. Kalongo ist riesengroß und ausgedehnt. Wie eine Stadt, über der eine bedrohliche Dunstglocke hängt. Wir leben in Hütten. Gebaut aus Lehm und Gras. Provisorisch errichtet.

Ohne Rauchabzug und Lüftung. Löchrig. Dicht aneinandergedrängt schmoren sie in der Sonne. Sie sind unser neues Zuhause.

Wie gut haben es doch die Menschen im Süden Ugandas. Dort herrscht kein Krieg. Dort ist Frieden. Dort ahnt niemand, was mit uns hier geschieht. Dort gibt es Schulen und Bücher und Kinos und ein richtiges Leben. Dort machen Touristen Urlaub, gehen auf Foto-Safari, knipsen Bilder von Löwen und Giraffen und Gorillas. Aber dort sind wir nicht. Wir sind hier. Über 10000 von uns halten allein in diesem Lager durch. Wir sind Flüchtlinge in unserem eigenen Land. Wie widersinnig.

Über Norduganda verstreut leben so mehr als 1,5 Millionen. In Pader, Pajule oder in Anaka. Binnen weniger Wochen ist mein Land zu einem Flüchtlingslager geworden. Ich erkenne meine Heimat nicht wieder. (Was ist geschehen?)

Mein Vater und ich, wir reichen uns die Hände. Förmlich, weil es sich so gehört. Zwischen Vater und Tochter. Obwohl unsere Bindung schon immer etwas Besonderes gewesen ist.

Im Gegensatz zu anderen Vätern hat mein Vater immer darauf Wert gelegt, dass mein Bruder und ich gleichberechtigt erzogen werden. Dass ich »nur« ein Mädchen bin, hat für meinen Vater nie eine Rolle gespielt. Im Gegenteil. Eben weil ich »nur« ein Mädchen bin, war es ihm wichtig, dass ich schreiben und lesen lerne, dass ich einen eigenen Willen entwickle, dass ich seinen Weg fortsetze, denn ganz tief im Inneren, so glaube ich zumindest, hat mein Vater schon immer gewusst, dass ich klüger bin als mein Bruder, dass ich den Verstand meines Vaters und das Herz meiner Mutter geerbt habe. Nur leider ist es in unserer Kultur so, dass Mädchen nun einmal nichts wert sind. Selbst dann nicht, wenn sie eigentlich viel mehr drauf haben als so mancher Mann.

»Wie war die Reise?«, fragt er mich.

Ich spüre sein Desinteresse, nein, ich sehe es, es ist offensichtlich und klar.

»Gut«, sage ich.

»Gut«, wiederholt er und nickt.

Ich stelle meinen Koffer ab und setze mich zu ihm auf den Boden.

»Wie geht's dir?«, frage ich ihn.

»Du siehst gut aus, gesund«, sagt er.

Ich nicke.

»Soll ich dir von Kanada erzählen? Ich habe viele Menschen kennengelernt«, sage ich.

Die Augen meines Vaters sind rot wie Chilischoten. Er kneift sie fest zusammen.

»Später«, sagt er.

»Später, ja«, wiederhole ich.

Mein Vater macht sich Sorgen. Wie sich alle Väter im Lager die Köpfe zerbrechen. Niemand weiß, wie lange die Menschen hierbleiben müssen. Es hat ihnen ja auch keiner gesagt.

»Was ist mit unseren Dörfern?«, haben sie gefragt.

»Was ist mit unseren Feldern?«, wollten sie wissen.

»Können unsere Kinder wieder in die Schule gehen?«, fürchteten sich die Mütter um die Zukunft der nächsten Generation.

Die Antwort ist ein Schweigen gewesen. Es gab nur einen Befehl, und der lautete, ab ins Lager. Das war's. Ohne Achtung für die Menschen, ihre Sorgen und Ängste.

»Typisch. Manchmal denke ich, dass unsere Führer schlimmer sind als unsere Feinde. Dem gemeinen Volk ist mal wieder nichts erklärt worden«, sagt er.

Langsam steht mein Vater auf. Es fällt ihm schwer, das Gleichgewicht zu halten. Mein Vater ist fast 1,90 Meter groß und gertenschlank. Früher ist er athletisch und durchtrainiert gewesen. Seine Haare waren pechschwarz, seine Zähne schneeweiß. Seine Körperhaltung reflektierte Stolz und Ehre. Mein Vater ist ein Kämpfertyp gewesen. Ein Mann, dem andere vertraut, dem sie zugehört haben, weil er etwas zu sagen hatte, etwas Bedeutendes, in die Zukunft Weisendes, nicht nur leere Worte, denn Worte bedeuten nichts, es sei denn, sie sind wahr. Doch dann kam der Tag, an dem sich alles verändert hat, als wir in den Busch entführt worden sind, als ich immer wieder auf ihn einschlagen musste. Bis sein Schädel brach. Heute ist mein Vater halbseitig gelähmt. Seine Haare sind grau, die Zähne gelb. Von dem Mann, der er einst war, ist kaum noch etwas übrig. In Wirklichkeit nichts. Und das ist meine Schuld. Auch wenn wir es nicht aussprechen. Es bleibt meine Schuld. Denn auch wenn die Rebellen mich gezwungen haben, bin ich es doch gewesen, die die Hand gegen ihren Vater erhoben hat. Nicht die Rebellen. Ich. Dafür trage auch ich die Verantwortung. Und schon deshalb stelle ich bald fest, dass es den anderen Flüchtlingen eigentlich noch gutgeht, weil sie nicht in einem inneren Exil leben, so wie ich. Sie fliehen vor etwas, was greifbar ist, was eines Tages wieder verschwinden wird. Ich fliehe vor mir selbst, meiner Geschichte, meiner Vergangenheit, die ich immer in mir tragen werde, die vielleicht sogar in mein Gesicht geschrieben steht, so, wie sie sich in meine Seele geritzt hat.

»Hope«, sagt er.

»Ja«, antworte ich.

»Hast du etwas Geld für mich?«, fragt er mich.

»Ich habe dir eine Zeitung mitgebracht«, sage ich und gebe meinem Vater die *International Herald Tribune* aus dem Flugzeug.

Mein Vater nimmt die Zeitung und blickt sie lange und bedächtig an.

»Schau her, eine echte Zeitung. Von echten Journalisten geschrieben«, sagt er.

Es ist, als ob mein Vater sein Glück nicht fassen kann. Ich habe ihm eine große Freude bereitet. Das kann ich in seinen Augen sehen. Ich blicke zu meinem Vater auf und gebe ihm den 50-Dollar-Schein, den ich in Kanada geschenkt bekommen habe und den er nun vertrinken wird.

Mein Vater dreht sich um und verschwindet. Ich habe keine Gelegenheit, ihn nach meiner Mutter und Tochter zu fragen. Die Zeitung liest mein Vater noch wochenlang. Immer wieder von vorne. Sie wird so zu seiner Ersatzbibel. Irgendwann ist sie so ausgedünnt und zerfleddert, dass der Wind sie auseinanderreißt und er den Fetzen nachjagt. Das sieht schon komisch aus.

* * *

Wenig später treffe ich endlich meine Mutter wieder. Sie ist am Brunnen gewesen, um das bunte Plastikgeschirr abzuwaschen und neues Wasser zu holen.

»Du bist so groß geworden«, sagt sie und wischt sich ihre Hände an ihrem Kleid ab. Sie sind noch nass.

Wir umarmen uns. Herzlich.

»Endlich bist du wieder zu Hause. Wir haben dich vermisst. Besonders dein Vater«, sagt sie.

Meine Mutter hat ein großes Herz, ein gutes Herz. Sie grinst mich an und dreht sich um. Und da ist sie, Maria. Meine Mutter hat sie mit einem Tuch an ihrem Rücken festgebunden.

»Hast du schon vergessen, wie wir unsere Kinder tragen? Mutterwärme«, scherzt sie.

Meine Mutter lacht immer. Sie hat schlechte Zähne. Ihre Haut hat Flecken. Ihr Rücken ist krumm. Ich finde, sie ist die schönste Frau der Welt.

»Natürlich nicht«, sage ich und befreie meine Tochter aus dem Tuch.

Maria döst. Beschützt vom Körper meiner Mutter, hat sie so während meiner Abwesenheit am täglichen Leben teilgenommen, ohne dass sich alles um sie dreht. Maria ist immer dabei gewesen, egal, ob meine Mutter Wasser geholt, den Abwasch gemacht, Feuerholz gesucht oder das Essen zubereitet hat. Maria braucht keinen Schnuller. Maria ist ruhig. Maria ist meine Tochter. So wie ich die Tochter meiner Mutter bin. Wir sind drei Frauen. Drei Generationen, die vielleicht keine Worte brauchen, so wenig wie Mütter eine Belohnung. (Töchter schon.)

»Sie hat einen tiefen Schlaf«, sagt meine Mutter.

Maria wirkt zufrieden. Maria ist ein gutes Kind. (Ich beneide meine Tochter.)

»Du bist bestimmt müde«, sagt sie und zeigt mir das Innere unserer Hütte, die wir uns teilen. Meine Mutter, mein Vater, ich – und Maria.

»Hast du von James gehört?«, frage ich meine Mutter.

Sie antwortet nicht auf meine Frage, sondern beginnt, den Schmutz aus der Hütte zu fegen. Mit ihren verschorften Handflächen.

»An den Staub musst du dich gewöhnen, Hope. Er gehört jetzt zu uns«, sagt sie.

Ich beginne, meiner Mutter zu helfen. Schnell fange ich an zu husten. Der feine Staub setzt sich in meinen Lungen fest. Meine Mutter lacht.

»Auch damit findest du dich ab, meine Tochter. Wir gewöhnen uns an was?«, fragt sie.

»An alles«, beende ich ihren Satz.

Mir kommen die Tränen. Meine Mutter nimmt mich in ihre Arme. Vorher ist mir nie aufgefallen, dass ich fast einen Kopf größer bin als sie. (Mit meinen 1,60 Meter bin ich selbst nicht die Größte.) Sie dünstet Holzkohle und Schweiß aus. Aber in diesem Augenblick möchte ich nichts anderes riechen als meine Mutter und mich an ihre molligen Hüften drücken, in ihnen versinken wie in einem großen Kissen. Auch sie beginnt zu weinen. Dann wischt sie sich die Tränen weg und verlässt schnell die Hütte, und ich bleibe allein zurück. Ich atme tief aus. Ich schaue mich um.

Die Hütte ist so groß wie ein Schuhkarton, bilde ich mir ein, was in Wahrheit natürlich nicht ganz stimmt, aber fast. Ich sehe drei aufgerollte Strohmatten, auf denen wir schlafen werden. Ein alter Blechkessel steht auf einer Feuerstelle. An einer Leine trocknet Wäsche. Einige Hemden und Hosen. Alt und löchrig. (Auf einem T-Shirt steht *Trimm Dich Fit!*) Vermutlich Hilfsgüter aus einem Land, das uns bemitleidet. Ich will mich nicht bemitleiden, entscheide ich mich prompt.

Ich wische mir die Tränen aus den Augen, lege Maria vorsichtig auf eine der Strohmatten und packe meinen Koffer aus. Was nicht lange dauert. Mir gehört nicht viel. Zwei Kleider, zwei Paar Schuhe, die ich nun nicht mehr brauche, sowie ein dicker Wintermantel, den ich nun sicher nicht mehr anziehen werde. Jetzt, wo ich wieder zu Hause bin, was auch immer das bedeuten mag.

In Kanada haben mir meine neuen Freunde einige Hemden und Höschen für Maria mitgegeben sowie ein Stofftier. Einen Elch aus Plüsch. Ich gehe nach draußen und mache einen Spaziergang, um meine neue Umgebung kennenzulernen.

Maria, die inzwischen aufgewacht ist, nehme ich mit. Sie ist erstaunt darüber, dass es nicht ihre Großmutter ist, die sie auf ihrem Rücken festbindet, sondern eine scheinbar fremde Frau. Aber sie wird sich schon wieder an mich erinnern. Ich bin mir sicher.

»Ich bin's, kleine Maria, deine Mutter. Freust du dich? Ich freue mich«, sage ich und ziehe los.

Ich versuche, das Beste aus meiner Situation zu machen,

und stelle mir vor, dass alles nur ein Spiel ist, dass ich eine berühmte Abenteurerin bin, die sich durch den Dschungel kämpft, um etwas Fremdes zu entdecken, etwas Einzigartiges, das sie dann berühmt macht. So wie einst Stanley und Livingstone. Ich bin Stanley. Maria ist Livingstone.

»Doktor Livingstone, nehme ich an«, sage ich zu Maria und grinse.

Wir schlagen uns unseren Weg durch das Labyrinth der Hütten. Am Lagerfeuer bereiten die Ureinwohner ihre Mahlzeiten vor und beobachten uns misstrauisch. Die Frauen schälen Maiskolben. Sind es aber in Wahrheit womöglich Knochen? Sind wir unter Kannibalen? Unter Wilden? Vorsichtig, kleine Maria, vielleicht lungert irgendwo ein Löwe oder ein Tiger. Nein, hab keine Angst, es gibt keine Tiger in Uganda. Nicht dass ich wüsste. Aber wer weiß, möglicherweise wollen sie uns ja auch mit neuen Tieren überraschen. Wir müssen auf der Hut sein. Der Feind ist überall.

Maria gluckst vor Freude, bilde ich mir ein. Ob sie glücklich ist, meine Tochter? Ich hoffe es. Unser Leben ist ein Wagnis. (Oder ist es ein Glücksspiel?)

»Doktor Livingstone, nehme ich an«, wiederhole ich mit tiefer Stimme.

Maria kichert. Ich schaue nach bekannten Gesichtern, finde aber keine. Alle und alles wirken fremd.

Bis auf Vetter Paul, den ich aber noch nie mochte. Plötzlich steht er vor uns. In seiner rechten Hand hält er eine halbvolle Flasche Waragi-Gin. Er riecht nach Alkohol. Mir wird schlecht.

»Ka-ka-kanada! R-r-reiches Land, o-o-oder?«, stottert und lallt er mich gleichzeitig an.

»Ich glaube schon«, antworte ich.

Vetter Paul spuckt auf den Boden und nimmt einen kräftigen Schluck aus der Flasche.

»Ha-ha-haben sie dich we-we-wenigstens für deinen Au-au-auftritt bezahlt?«, fragt er und streichelt Maria über ihren Kopf.

Ich hasse es. Ich verabscheue es, wenn er meine Tochter berührt. Mein Kind.

»Nein«, sage ich.

»Ty-ty-typisch«, stottert Vetter Paul weiter. »Die ver-ver-versprechen nur, aber liefern tun sie n-n-nichts.«

»Mir wurde nichts versprochen«, antworte ich.

»Du hä-hä-hättest dir Geld geben l-l-lassen sollen. Die ha-ha-haben doch genug da-da-davon«, sagt er.

Mir fällt keine Antwort ein. Ich gehe weiter. Vetter Paul greift meinen Arm. Es tut weh.

»D-d-das bist du u-u-uns sch-sch-schuldig«, faselt er.

Sein Gesicht ist unmittelbar vor meinem. Jetzt wird mir erst richtig schlecht. Ich könnte mich übergeben.

»Warum?«, zische ich ihn an.

»Die R-r-rebellen be-be-bewegen sich wie d-d-das Sonnenlicht. Sie s-s-sind überall. Auch h-h-hier. Unter u-u-uns. Sie du-du-durchdringen uns mit L-l-leichtigkeit«, flüstert er mir zu.

»Ich bin kein Rebell«, sage ich.

Vetter Paul blickt auf meinen Oberkörper.

»W-w-wenn eine Frau ihre Brü-brü-brüste zeigt, ja, oder wenn sie ein K-k-kind trägt, dann darf sie nicht g-g-getötet werden, dann d-d-darf man sie nur fa-fa-fangen, aber nicht v-v-verletzen«, sagt er und grinst frech.

Ich reiße mich los und marschiere weiter. Vetter Paul blickt mir hinterher.

»D-d-diese Ki-ki-kinder im Busch. Wenn sie aus meinem P-p-penis stammen, dann v-v-verfluche ich sie«, ruft er mir zu.

Ich drehe mich nicht um.

Es ist nicht wahr. Es ist nicht wahr. Es ist nicht wahr.

Immer wieder sage ich diesen Satz. Wie ein Mantra. Weil

ich meine Vergangenheit ausblenden möchte. Und wenn ich das nicht auf die Reihe bekomme, dann geht sie zumindest nur mich etwas an und nicht Vetter Paul. Ich ahne nämlich, was er als Nächstes tun wird. Er wird es jedem erzählen. Dass ich wieder da bin. Die ehemalige Kindersoldatin. Die Mörderin. Um sich wichtig zu machen. Was weiß er denn schon von mir und meiner Geschichte. Ich überlege mir, wie ich mich gegen ihn und seine Worte wehren kann. Bis ich zum Ende des Lagers komme.

Dort sehe ich einen Panzer und zwei Soldaten, die mit freiem Oberkörper auf der Kampfmaschine sitzen und Bier trinken. Sie sehen mich nicht. Ich verstecke mich hinter einer Hütte und beobachte sie. Die Männer, fast noch Kinder, nicht viel älter als 15 oder 16, hören laute Musik. Die Bässe dröhnen. Nun beginnt Maria doch zu weinen. Sie hat Hunger. Es ist ja auch schon fast Abend. Die Sonne geht unter. Ich mache mich auf den Rückweg.

Und dann entdecke ich sie. Zum ersten Mal. Hunderte von ihnen. Die Nachtwanderer. Jungen und Mädchen, die nicht das Glück haben, in einem Lager zu leben, sondern in ihren Dörfern bleiben müssen, weil es keinen Platz mehr für sie gibt. Sie schleichen nach Gulu, um dort Schutz zu finden, um nicht von den Rebellen entführt zu werden. Bewaffnet mit Decken und Flip-Flops. Oder barfuss. Schauderhaft sehen sie aus. Unwirklich. Unpersönlich. Utopisch. Wie aus einer anderen Welt. Meine Brüder und Schwestern. Eine Armee der Kindergespenster. Ich werde traurig. Ich weine wieder. Dabei bin ich doch sonst so stark. Was ist nur mit mir los? Verlassen mich schon jetzt meine Kräfte?

»Es ist nicht wahr. Es ist nicht wahr. Es ist nicht wahr«, rede ich mir meine Gegenwart aus. Ich nehme meine Tochter aus ihrem Tuch und küsse sie.

»Du bist wahr«, sage ich. »Nur du und ich.«

Als ich wieder bei unserer Hütte ankomme, ist mein Vater schon da. Er ist jetzt noch betrunkener als vorher. Mein Vater ist ein trügerischer Trinker. Er lallt nicht. Er fällt nicht um. Selbst wenn er Schwierigkeiten mit der Balance hat. (Es ist leicht, die Augen zu täuschen, aber nicht das Herz.)

Meine Mutter hat das Abendessen zubereitet. Es gibt *Posho*, gelben Brei, der nach nichts schmeckt, aber irgendwie satt macht. Den schlucken wir morgens, mittags und abends. Früher haben wir *Posho* den Hunden gegeben, wenn sie uns auf die Jagd begleiteten. (So ändern sich die Zeiten.) Ich füttere Maria mit meinen Fingern. Wie ein kleines Tier, das Hilfe braucht. Mit den Blättern meines Notizblocks zünden wir das Feuer an. Meine Wünsche verbrennen. Es ist ein guter Zweck. Meine Notizen, meine hehren Pläne, sie wärmen uns. (Die Nächte sind kühl.)

Nach dem Essen holt mein Vater das Transistorradio aus der Hütte. Es ist unser einzig wirklicher Besitz. Mein Vater wickelt zwei dicke Eveready-Batterien aus einem Tuch, das sie vor dem Staub schützen soll, und stopft sie mit zitternden Händen in den Kasten.

Dann schaltet er das Radio ein. Es knistert nur. Mein Vater sucht den richtigen Sender und findet ihn. Mega FM. Eine eintönige Stimme beginnt zu uns zu sprechen:

»Abbo aus Pader. Balondemu aus Gem. Grace aus Atanga. Akiki aus Wol. Christine aus Paludar. Musoke aus Lalogi. James aus Orom«, sagt die Stimme.

Und jedes Mal, wenn die Stimme einen Namen sagt, bleibt meiner Mutter fast das Herz stehen, weil sie hofft, etwas anderes zu hören. Nämlich James aus Ayam. Doch diesen Gefallen tut ihr die Stimme nicht.

»Masani aus Adilang. Okello aus Garegere. Peter aus Lokapel. Mercy aus Pader. Zesiro aus Titim. Charles aus Nimule«, fährt die Stimme fort.

Wieder ist kein James aus Ayam dabei. Nie wird ein James aus Ayam dabei sein. James aus Ayam wird ein Traum bleiben. Ein Geist, der uns in unseren Träumen heimsucht. Weil sein *Tipu* nicht in Frieden ist. Doch damit will sich meine Mutter nicht abfinden. Noch nicht. (Es gibt Dinge, die brauchen ihre Zeit.)

Wir reden ihr nicht gut zu. Weder mein Vater noch ich. Wir respektieren meine Mutter. Sie wird uns schon sagen, wenn sie bereit ist, ihrem Sohn Lebewohl zu sagen. Für immer und ewig. (Sie ist, weil es ihn gibt.)

Ich kenne kein einziges dieser Kinder, die gerettet worden sind. Wie gesagt, ich bin alleine. Ich bin nur ein Mädchen, und ich muss mich wohl damit abfinden.

Als das Radioprogramm zu Ende ist, gehen wir in unsere Hütte und versuchen zu schlafen. Es ist meine erste Nacht im Lager. (Zu Hause?) Meine erste Nacht ohne richtiges Bett, an das ich mich in Kanada gewöhnt hatte. Aber ich passe mich an. Ich kenn es ja nicht anders. Einschlafen kann ich nicht. Ich höre die Geräusche der Nacht. Das Bellen eines Hundes. Das Zirpen der Grillen. Hin und wieder in der Ferne einen Schuss.

* * *

Jede Nacht ist es das gleiche Programm. Jede Woche. Jeden Monat. Die Jahre vergehen. Es sind sechs Jahre, die wir hier verschwenden werden. Eintönig und dumpf. Das Lager saugt mich auf. Das Lager saugt mich aus. Es ist, was es ist. Unser Gefängnis. Während ich, wie eine Raupe in einem Kokon, darauf warte, irgendwann aus meiner persönlichen Haft entlassen zu werden. Denn ich fühle mich einsam. Darüber spreche ich jedoch nicht. Ich will meine Familie nicht belästigen. Oder sie gar verängstigen. Wir haben andere Probleme. Deutliche Sorgen.

* * *

Wir werden krank. Meine Familie, mein Kind, die Nachbarn. Malaria. Typhus. Hepatitis. Cholera. Viele von uns sterben. Soldaten bewachen die Lebenden. Sie dürfen das Lager nicht verlassen. Wir dürfen das Lager nicht verlassen. Es dient unserer Sicherheit, heißt es. Ich fühle mich eingesperrt.

»Eine fette Lüge«, sagt mein Vater und scharrt mit den Füßen im Sand.

Er benimmt sich wie ein wütender Bulle. Ein verwundetes und gefährliches Tier. Meine Mutter schweigt. Ich schweige. Wir schweigen. Wir verlieren unseren Verstand. So kommt es mir zumindest vor. Die Männer betrinken sich. Die Frauen schauen ihnen zu. Mein Vater ist nicht der einzige Mann, der seinen Kummer im Schnaps ertränkt. Man hat ihm die Ehre geraubt und seine Seele zerstört. Daran habe auch ich Schuld. Ich weiß es. Er weiß es. Wir sprechen nicht darüber. (Wir sprechen nie über nichts.)

Nach meiner Rückkehr aus dem Busch, damals, habe ich ein Ei zertreten. Es war ein Ritual, das mich reinwaschen sollte von meinen Sünden. Die Vergangenheit auslöschen. Das Ei sollte mich säubern. Den Dreck des Krieges verjagen. Die schlimmen Dinge, die wir uns antun mussten. (Aber ich bin ja nicht freiwillig mit in den Busch gezogen. Ich habe meinen Vater ja nicht aus purer Lust und Laune zum Krüppel geschlagen. Nur mal eben so. Weil ich Langeweile hatte. Es just nichts Besseres zu tun gab. Versteht das denn keiner?)

Und was ist mit den Dingen, die wir uns antun, die wir uns noch antun werden? Reinigt das Ei auch diese Dinge? Im Voraus? Oder können wir nur die Vergangenheit löschen? Nicht bereits die Zukunft. (Ei, wäre das schön.)

Wir sind eingesperrt. Wie Vieh. Wer kann so auf Dauer leben? (Aber sind Niederlagen nicht auch Schlachten?)

* * *

Bald lernen wir etwas kennen, was ich keinem Menschen wünsche. (Wie fühlt sich das eigentlich an, zu hassen?)

Wir machen die Bekanntschaft mit einem neuen Feind. Er heißt Hunger. Wir haben kein *Posho* mehr, weil die Hilfslieferungen ausbleiben, weil man uns vergisst.

Wir hungern. Tagelang gibt es nichts zu essen.

Ich träume. Meist von üppigen Mahlzeiten. Buffets. So, wie ich sie in Kanada gesehen habe. Prächtig. Reich. Bunt. (Überflüssig?)

Alles beginnt sich nur noch ums Essen zu drehen. Sobald sich die Menschen treffen, reden sie davon. Wie viel sie essen möchten und was und in welchen Mengen.

Mein Körper gewöhnt sich an das wenige Essen, aber mein Geist, nach einem faszinierenden Plausch übers Essen, verlangt nach mehr. Ich spüre, dass mein Körper und mein Geist nicht mehr synchron sind. Es gibt keine Vitamine, keine Mineralien. Unsere Gehirne stumpfen ab. (Es ist wie bei den Rebellen.)

Landminen essen Menschen auf, werden wir gewarnt, damit wir das Lager bloß nicht verlassen und nach etwas Essbarem suchen. So fressen wir uns auf. Im wahrsten Sinne des Wortes. Der Organismus baut seine Proteine ab, die Muskeln verschwinden, lösen sich auf. Der Körper hat keine Widerstandsfähigkeit mehr. Die schwachen Menschen sterben, die alten und die kranken.

»Morgen ist der dran«, sagt mein Vater.

»Nein, der hat noch zwei Tage. Seine Frau macht mir Sorgen«, weiß meine Mutter es besser.

Die Leute schließen Wetten ab, wer als Nächstes stirbt. (Wo bin ich?)

Immer wieder gibt es Gerüchte, dass die Hilfslieferungen, die wir hin und wieder erhalten, vergiftet sind. Dass die Nothelfer, die wenigen, die es gibt, in Wirklichkeit Spione sind, die für die Regierung arbeiten, um uns zu ermorden. Wir vermuten, dass es die Rebellen sind, die diese Gerüchte streuen, sind uns aber nicht sicher. Weil es keine Beweise gibt. Die Welt bestraft uns, die Kinder, für die Verbrechen unserer Eltern. (Tut sie das wirklich?) Doch irgendwie geht das Leben weiter. Wie? Ich weiß es heute nicht mehr. Aber es bewegt sich vorwärts.

⋆ ⋆ ⋆

In der hintersten Ecke des Lagers gibt es eine Schule. Wir werden unter einem Mangobaum unterrichtet. Wir brüten in der Sonne. Ohne Wasser. Ohne Frühstück. Ohne Mittagessen.

Da ich einige Jahre versäumt habe, sind meine Mitschüler wesentlich jünger als ich. Ich kann nicht viel mit ihnen anfangen. Gar nichts, um ehrlich zu sein. Und sie nichts mit mir. In den Pausen spielen sie Gummitwist oder Fangen. Ich darf nicht mitmachen. Niemand lädt mich ein. Die anderen Kinder haben Gerüchte über mich gehört. Dass ich im Busch war. Wo ich zur Mörderin geworden bin; wo ich Babys getötet habe. Heißt es. Wo ich Affen gegessen habe, sogenanntes »bushmeat«, und manchmal sogar Menschen. Wollen die Leute wissen. Wo sich *Cen*, der böse Geist, in meine Seele eingenistet hat. Und in mein Herz. Fürchten sie. Also meiden mich ihre Kinder. Manchmal werfen sie mit Steinen nach mir. Als ob sie mich dafür bestrafen wollen, wo ich einst gewesen bin, was ich seinerzeit mit meinen Händen gemacht habe. (Vielleicht glauben sie auch, dass ich ein Vampir bin, der ihr Blut aussaugen will, weil ich sie anlächle und meine schneeweißen Zähne zeige.)

So stehe ich alleine unterm Baum und bereite mich im Kopf auf die nächste Unterrichtsstunde vor. Wir haben keine Bücher, keine Tafel und keine Hefte, müssen aber die gleichen Examen bestehen wie die Kinder im Süden des Landes, wo kein Krieg ist.

»Das ist unfair«, erkläre ich dem Lehrer.

»Meinst du, das Leben ist fair, nur weil du eifrig lernen willst?«, fragt er mich zurück.

»Ja«, sage ich.

»Du irrst dich«, sagt er, »und hör auf, dich zu beschweren, sonst kannst du gleich wieder gehen. Denk lieber daran, deine Schulgebühren zu bezahlen, sonst wirst du für immer ein dummes Kind bleiben.«

Um seinen Worten den nötigen Nachdruck zu verleihen, schlägt er mir mit der flachen Hand auf den Hinterkopf, dass mir schwarz vor Augen wird. Nie wieder erhebe ich die Stimme gegen meinen Lehrer.

* * *

Wir haben einen kleinen Garten. Wir pflanzen und ernten, um zu überleben und um meine Schulgebühren zu zahlen. Ich kümmere mich um unsere Lebensversicherung, unseren Schatz, er obliegt meiner Verantwortung. Ich bearbeite ihn mit meinen eigenen Händen. Mit meinem Schweiß. Mit ehrlicher Arbeit. Jeden Tag. Weil ich nicht aufgebe. Weil ich handle. Ich warte nicht auf eine bessere Zukunft. Ich bin gut zu dem Gemüse. Ich streichle es. Ich flüstere ihm Dinge zu. Ich beschütze es vor der Sonne, den Tieren und den neidischen Nachbarn, die, wie ihre Kinder, immer wieder mit Steinen oder leeren Flaschen nach mir werfen, wenn ich ihnen zu nahe komme. Manchmal möchte ich ihnen entgegenbrüllen: »Schaut her, hier bin ich, und ich habe *Cen* mitgebracht, und nun findet euch damit ab.« Ich tue es aber nicht. Ich schweige. Ich passe mich an. Ich bin ruhig und versuche nicht aufzufallen, sondern kümmere mich lieber um meinen Garten.

Die Pflanzen wachsen prächtig. Die Karotten, die Bohnen und der Spinat. Das Gemüse mag mich, und ich mag das Gemüse. Es lebt. Aber es urteilt nicht über mich. Meine Familie ist beeindruckt.

Meine Tochter auch. Ich sehe es in ihren Augen. Sie wächst ebenfalls. Bald kann sie laufen, nein, rennen, auf ihren krummen Beinen. Maria, meine Maria.

Maria hockt auf der roten Erde und sieht mir bei der Gartenarbeit zu. Sie kann kaum ihre Balance halten. (Ähnlich wie mein Vater.) Sie rollt immer wieder auf die Seite. Ich hebe sie auf. Ich setze sie hin und kümmere mich dann weiter um den Garten. Ich zupfe das Unkraut aus dem Boden. Ich vertreibe die Maribus, die meine Maria anpeilen.

Die riesengroßen Vögel sind viel, viel größer als sie. Immer wieder verschwinden Babys spurlos, sind die Beute von streunenden Hunden oder werden geopfert, damit sich die Zeiten hoffentlich bald ändern. Das funktioniert folgendermaßen.

Nachdem das Neugeborene den Schoß der Mutter verlassen hat, wird es vom Vater zum Medizinmann gebracht, der in einem aus Lehmziegeln gebauten Schrein lebt. Es ist das einzige feste Haus im Lager. Der Boden ist mit Kräutern, Gesichtsmasken, Knochen, Rasseln, Messern und Macheten übersät. Der Medizinmann entscheidet nun, was mit dem Baby geschehen soll.

Soll es lebendig begraben werden, oder soll man das Blut in eine Flasche ablassen und als traditionelle Medizin verkaufen?

Männliche Opfer sind mehr wert und von daher auch begehrter als weibliche. Den Müttern wird irgendeine Geschichte von frühem Säuglingstod aufgetischt, und ich frage mich, warum so viele Frauen darauf reinfallen. Wollen sie die Wahrheit einfach nicht sehen?

Es sind aber nicht immer nur die Eltern, die ihre Kinder opfern. Oftmals werden Kinder auch entführt. Nicht nur Neugeborne, auch ältere Jungen und Mädchen. Diese Tradition stammt noch aus der Zeit, bevor uns die ersten Missionare erreicht hatten. Nicht alle Menschen haben sich von diesen barbarischen Bräuchen getrennt. Bis heute ist das so. Auch in Gulu. Und gerade in Kampala. Wer sich dort beispielsweise ein neues Haus baut oder ein Geschäft eröffnet und die Gunst der Götter erlangen will, versucht sie ebenfalls mit einem Menschenopfer für sich zu gewinnen. Unsere vertrauten Traditionen sind brutaler als das Alte Testament.

Ich passe auf Maria auf, die immer wieder umfällt, sodass ich meine Arbeit zwischen den Pflanzen unterbrechen muss. Ich bin geduldig mit meiner Tochter. Wie mit meiner Ernte. Aber es gibt Tage, da fällt es mir schwer, ihr ins Gesicht zu blicken. Bittere Tage. An denen ich Maria nicht sehen will. Obwohl mir dies das Herz zerreißt. Weil sie mich an etwas erinnert, was ich am liebsten vergessen möchte.

Jahre später lese ich in einem Buch: »*Das traumatische Ereignis wird beharrlich wiedererlebt. Anhaltende Erinnerungen oder Wiedererleben der Belastung durch aufdringliche Nachhallerinnerungen (Flashbacks), lebendige Erinnerungen, sich wiederholende Träume oder durch innere Bedrängnis in Situationen, die der Belastung ähneln oder mit ihr im Zusammenhang stehen. Es treten dieselben sinnlichen Eindrücke, z.B. bestimmte Bilder, Geräusche, Geschmacksempfindungen, Körperwahrnehmungen, sowie gefühlsmäßigen und körperlichen Reaktionsweisen auf wie zum Zeitpunkt der traumatischen Erfahrung. Die emotionale Befindlichkeit kann von Mensch zu Mensch sehr verschieden sein, ist jedoch gewöhnlich charakterisiert durch eine Mischung von panischer Angst, großer Traurigkeit, intensivem Ärger, emotionaler Taubheit und starken Schuldgefühlen, Selbstvorwürfen und Schamgefühlen. Das Trauma, das am häufigsten zu einer posttraumatischen Belastungsstörung führt, ist bei Frauen und Männern die Vergewaltigung, und zwar bei 55,5 Prozent der Betroffenen. Bei Frauen folgen weiter körperliche Misshandlung, Bedrohung mit der Waffe, sexuelle Belästigung, körperliche Attackierung und Vernachlässigung in der Kindheit, bei Männern insbesondere Kampferfahrung, körperliche Misshandlung, Vernachlässigung in der Kindheit, sexuelle Belästigung, Unfall und Schockerlebnis.*

In der Gegenwart kann ich meine Gefühle nicht kontrollieren.

»Nun sitz doch endlich gerade«, fahre ich Maria schroff an.

Mein Wutausbruch tut mir sofort leid. Schnell küsse ich sie. Meine Tochter ist nicht nachtragend. Kinder sind nicht empfindlich, sondern großzügig. Sie vergeben alles. (Fast.) Heute weiß ich das.

Durch meine Tochter habe ich erst erkannt, warum ich lebe. Wie ich lebe, ist zweitrangig. Denn die Menschen, die um mich herum sterben, die sterben meist nicht, weil sie verhungern oder weil sie keine Medikamente haben, sondern weil sie nicht mehr wissen, wofür sie eigentlich leben. Ich aber kämpfe für was? Für mein Leben. Mit meinen nackten Händen. Wenn es sein muss. So wie einmal. Ich weiß es noch genau. Als ob es erst gestern gewesen ist. Ich schmecke regelrecht meine Wut im Mund.

Ich komme vom Wasserholen zurück, was schon allein vier Stunden in Anspruch nimmt, und sehe nun, wie sich zwei Unbekannte in meinem Garten zu schaffen machen.

»Hey«, schreie ich. »Hey! Weg da!«

Sie, zwei Frauen, so um die zwanzig und wesentlich größer als ich, blicken mich erschrocken an, reißen aber weiter mein Gemüse aus der Erde. Sind das meine Karotten? Ja, es sind meine Karotten.

Ich lasse die zwei Wasserbehälter, die zusammen gut und gerne 40 Kilo wiegen, fallen, renne auf die Diebe zu und trete dabei auf eine Glasscherbe, die meine Fußsohle aufreißt. Maria wird auf meinem Rücken durchgeschüttelt und kreischt. Ich werfe mich auf die erste Frau, die kräftigere von beiden. Wir gehen zu Boden. Ihre Faust trifft mein Kinn. Ich sehe, wie mein Blut in den Sand tropft und wie sich die andere Frau mit meinen Karotten aus dem Staub machen will. Meinen Karotten!

Ich könnte sie jetzt töten. Blitzschnell. Die Frau, auf der ich liege. Mit meinen bloßen Händen. Kurzen Prozess machen. Ich kann das. Töten. Gut sogar.

Doch Maria weint. Ich töte sie nicht. Die Plünderin. Erteile ihr keine Lektion. Flink springe ich auf meine Beine und renne der anderen Frau hinterher, greife sie beim Hemd und wirble sie herum. Sie schreit wie von Sinnen.

»Du bist eine Mörderin, die gehören jetzt mir«, brüllt sie mich an.

Ich denke nur an die Karotten. Denn die gehören nicht ihr, sondern mir, nur mir und meiner Tochter, die laut heult und ihren verflixten Plüschelch fallen lässt.

»Du verfluchte Diebin«, fahre ich die junge Frau an und entreiße ihr mein Gemüse.

Sie spuckt mir ins Gesicht.

»Ersticken sollst du daran, ersticken«, schreit sie.

Ihr Geifer fließt in meinen Mund. Ich blicke ihr fest in die Augen und schnaube. Wie ein Tier.

Ich habe gesiegt. Die Karotten gehören mir. Die Frauen geben auf. Sie haben den Kampf verloren. Sie verschwinden. Spurlos. Ich sehe sie nie wieder. Ich nehme Maria vom Rücken, wische ihr den Sand vom Kopf und wiege sie sanft in meinen Armen.

»Es ist nicht wahr. Es ist nicht wahr«, sage ich zu ihr.

Ich suche Marias Plüschtier, finde es, hebe es auf und mache es sauber. Die Wasserbehälter sind inzwischen ausgelaufen. Mein Weg ist also umsonst gewesen. Ich gehe zu meiner Hütte, wo meine Mutter meine Wunde verarztet. Mit Waragi-Gin, um Infektionen vorzubeugen, und einem halbwegs sauberen Lappen.

»Die Frauen gehören nicht zu uns«, sagt meine Mutter, »sie sind nicht von hier.«

In der Tat. Wir müssen aufpassen. Mehr und mehr. Es gibt neue Nachbarn, die von Flüchtlingslager zu Flüchtlingslager ziehen; sie sind die Schlimmsten. Weil sie darauf vorbereitet sind, alles zu tun, um zu überleben. Sie lügen. Sie stehlen. Sie verraten ihre Freunde und Familien, ja, morden. Wie ich einst.

»So will ich nicht wieder werden, Mutter«, sage ich.

»Das wirst du nicht, Hope«, antwortet sie.

»Ich habe gewonnen«, sage ich.

»Das hast du«, sagt meine Mutter, »das hast du.«

Meine Tochter beruhigt sich langsam. Sie krallt sich an ihrem Elch fest und schläft ein. Nachdem wir ihr die Karotten weichgekocht und sie damit gefüttert haben. Ich wäre für eine Karotte gestorben. (Mein Leben ist absurd.)

»Wir opfern uns für was«, seufzt meine Mutter.

»Für nichts?«, beende ich erneut ihren Satz und füge hinzu: »Was tun wir dagegen?«

»Siehst du das nicht?«, sagt meine Mutter, während sie Maria über den Bauch streichelt.

Ich verstehe, versuche es zumindest.

* * *

Niemand, der nicht schon einmal in solch einer Situation gewesen ist, kann nachvollziehen, was das Leben in einem Lager in uns anrichtet. Und wir, die dies überlebt haben, wir mögen heute nicht mehr darüber reden. Ich auch nicht, und trotzdem werde ich die Erinnerung nicht los.

Die engen Hütten. Das Schreien der Kinder. Die betrunkenen Männer. Keine Ruhe. Kein Frieden. Der Gestank. Alles so plötzlich. Wie eine zum Tode Verurteilte habe ich gehofft, dass ich in letzter Minute noch von diesem Ort befreit werden würde. Mein Wunsch ist nicht in Erfüllung gegangen. Sechs Jahre lebe ich so. Als Gefangene. Als Außenseiterin. Manchmal weiß ich weder ein noch aus, und es gibt sogar Tage, an denen vermisse ich das Leben im Busch.

Kein Wunder, dass mein Vater, ein einst eleganter und gebildeter Mann, zur Flasche greift und sich betäubt. Mein Vater. Er hätte es werden können. Das Gesicht Afrikas. *Face of Africa*. Er ist so ansehnlich gewesen, so begehrenswert, und ich glaube nicht, dass nur ich schuld an seinem Zustand bin, weil ich ihn damals halb totgeschlagen habe, sondern vielmehr, dass er seinen Glauben an sich, an uns und unser Land verloren hat. Er kann sich nicht mit seiner (fast) nackten Existenz anfreunden und sich auch nicht an sie anpassen. Er will es einfach nicht. So wenig wie an diesen Schock des Überlebens. Und diese Neugierde. Die Neugierde auf das, was da noch kommen mag.

Kann es noch schlimmer werden?

Entkomme ich auch dieser Hölle?

Oder ist dies das Ende von Hope? Von mir?

»Reiß dich zusammen«, sagt Grace.

Oh, Grace, was wäre ich ohne dich.

Wir kennen uns aus der Zeit bei den Rebellen. Grace ist kurz nach mir geflüchtet. Wir haben uns aus den Augen verloren. Ich weiß kaum etwas über sie. Wo wurde sie geboren? Wer sind ihre Eltern? Was ist ihr widerfahren? Doch als sie eines Tages vor mir steht, kann ich mein Glück kaum fassen. Wir sind wie Schwestern. Grace weckt meinen Lebensmut neu auf. Sie hat die Energie, die mir in den zurückliegenden drei Jahren im Lager abhanden gekommen ist. (Ist Grace mein Schutzengel?)

»Was macht deine Theatergruppe? Ich habe davon gehört. Alle haben davon gesprochen«, sagt Grace.

»Meine Theatergruppe? Das war früher, bevor wir hierherkamen. Es gibt sie nicht mehr«, sage ich.

»Verstehe«, sagt Grace. »Du hast aufgegeben. Wie alle anderen auch.«

Ich blicke sie böse an. Am nächsten Tag stelle ich ein neues Ensemble zusammen und probe mit ihm ein neues Stück. Ich finde zwei Mädchen, die willens sind, mir zu helfen, so, wie ich es bei meiner Rehabilitation gelernt habe. Geschadet hat es ja nicht. Vielleicht hilft es uns. Grace will nicht mitspielen.

»Warum nicht?«, frage ich sie.

»Ich gucke zu«, sagt sie leise.

Ich dränge sie nicht.

»Das ist eine tolle Idee, Hope«, unterstützt meine Mutter das Projekt. »Die Leute müssen erfahren, was mit euch im Busch passiert ist.« (Meine Mutter weiß ja selbst nicht einmal, was mir widerfahren ist.)

Bevor wir unser kleines Drama jedoch im Lager zeigen dürfen, muss ich die Dorfältesten um Erlaubnis bitten.

»Das gehört sich so«, sagt mein Vater.

Er respektiert das Protokoll unserer Kultur. Obwohl er unsere Chefs, selbstredend nur hinter vorgehaltener Hand, schlicht Veranda-Alte nennt, weil sie früher auf ihrer Veranda gesessen und klug dahergeredet haben, ohne groß was für uns zu verbessern. (Es ist, was es ist.)

Ich gehorche und stehe wenige Minuten vor ihnen, den Chefs. Es sind sechs Männer. Ich erkläre ihnen mein Anliegen. Sie blicken mich stumm an. Ich spüre schon jetzt, dass ich keine Chance habe. Trotzdem höre ich zu.

»Wenn die Rebellen auf Widerstand stoßen, und ein solcher wäre dein Theaterstück für sie«, sagt der erste Mann, »dann behandeln sie die Zivilbevölkerung schlecht. Wenn man sich ihnen nicht in den Weg stellt, dann tun sie uns auch nichts.«

Ich kann ihm gedanklich nicht folgen. Worauf will er hinaus?

Die anderen Männer murmeln etwas Unverständliches vor sich hin. Dann spricht das zweite Oberhaupt.

»Der Teufel existiert. Der Teufel wird in der Bibel erwähnt. Soweit ich es verstehe, ist er also echt.«

Was soll mir das jetzt sagen?

Ich will eine Frage stellen, komme aber nicht zu Wort.

»Ich denke, dass diese Kinder im Busch nicht mehr ein Teil von uns sind. Warum sollten wir also über sie reden, ihre Geschichte erzählen? Um ehrlich zu sein, ich weiß ja nicht einmal, was sie machen. Stell dir vor, ich lade dich zu mir nach Hause ein, und du zerbrichst meine Lieblingstasse. Dann sage ich, ist schon in Ordnung. Aber ich vergebe dir nicht«, sagt ein dritter Mann, und die anderen nicken.

»Wir mussten«, beginne ich, werde aber sofort unterbrochen.

Einer der Männer beginnt, von einem bösen Geist zu sprechen, von *Cen*.

»*Cen* wird nicht nur die Täter verfolgen, nein, auch die Opfer, den ganzen Klan, über Generationen hinweg, Kinder werden krank geboren werden, mit *Cen* in ihrem Herzen und ihrer Seele, sie werden wahnsinnig zur Welt kommen und uns töten«, sagt er.

Was soll das?

»Wir halten nichts von denen, die im Busch waren«, schließt einer der Männer die Diskussion.

»Aber wir sind doch nur Kinder«, sage ich.

Niemand hört mir mehr zu. Grace zieht mich weg. Hallo? Ich will doch etwas Gutes tun. Meinem Volk helfen, damit es versteht, damit es nicht mehr im Unklaren leben muss. Damit die Wahrheit triumphiert und nicht die Lüge, hinter der wir uns verschanzen, weil niemand über die Realität spricht, sondern sich versteckt, in einem Sumpf voller Erfindungen über die Rebellen, die Kindersoldaten.

»Was soll all das Gerede heißen?«, frage ich sie. »Was wollen die von mir?«

»Das ist es ja. Sie wollen nichts mehr von dir. Deine Theatergruppe kannst du vergessen, Hope«, sagt Grace, ohne mit der Wimper zu zucken.

»Aber warum? Was habe ich denn getan? Früher durften wir doch auch unser Stück aufführen. Warum heute nicht mehr?«, frage ich sie.

»Die Zeiten haben sich geändert. Es ist, was es ist«, sagt sie.

Ich bleibe stehen und stampfe mit meinem Fuß auf den Boden.

»Nein. Es ist nicht, was es ist«, sage ich stur.

»Hope, ich weiß, nur Wahrheit, Gerechtigkeit und Vergebung werden uns, den Acholi, Frieden bringen. Eines Tages, Hope, eines Tages. Heute aber, ja, heute halten uns Bitterkeit und Schuld gefangen. Die Zeiten werden sich ändern. Geduld, Hope, Geduld«, sagt Grace.

Meine Augen füllen sich mit Tränen. Ich werde wütend. Ich beiße meine Zähne zusammen. Ich spüre, wie das Blut durch meine Adern läuft. Meine Augen werden zu Schlitzen. Ich drehe mich um und marschiere zurück zu den Männern, die im Kreis sitzen und lachen. Ich will es wissen. Schließlich bemerken sie mich.

»Mein Name ist Hope«, sage ich.

»Das wissen wir bereits«, sagt einer der Männer, während die anderen mich nur stumm anblicken.

»Ihr seid nicht meine Eltern. Ihr habt mir gar nichts zu befehlen«, sage ich.

»Tatsächlich«, sagt ein anderer Mann. »Schau an. Du bist eine moderne Frau.«

Er steht auf und kommt auf mich zu. Sein Körper ist klein, stark und stramm. Er hat einen unangenehmen Mundgeruch. (Vermutlich Verdauungsprobleme, wie wir sie alle haben.) Ich weiche nicht zurück.

»Ja«, sage ich.

»Du glaubst, dass wir Fehler machen«, sagt er weiter.

Ich reagiere nicht.

Deutlich spüre ich aber ihren Widerstand, der bestimmt auch mit meinem Vater zu tun hat, weil er die Ältesten auch immer in Frage gestellt hat. Außerdem ist es ihnen sicher nicht entgangen, dass mein Vater mich gleichberechtigt erzogen hat. Wie einen Jungen. Das ist nie gut bei ihnen angekommen. Jetzt zahle ich dafür den Preis. Den Preis dafür, dass meine Familie einst fortschrittlich gewesen ist und sich nicht hat einlullen lassen von dumpfer Tradition und blindem Gehorsam. In den Augen des Mannes sehe ich Genugtuung und Zufriedenheit, als ob sie mir sagen wollen: Du hast es so verdient.

»Übertreibe es nicht, Hope. Das würde nur noch mehr Probleme bringen. Für dich und deine Familie«, sagt der Mann stattdessen.

Er geht zurück zu den anderen Männern und setzt sich zu ihnen auf den Boden. Sie kehren mir ihre Rücken zu, und ich komme mir so hilflos vor, so dumm und unwichtig wie noch nie in meinem Leben. Tränen strömen meine Wangen hinunter.

»Im Busch ist das Leben besser als hier«, schreie ich die Männer blitzartig an.

Niemand reagiert.

Zum Glück ist Grace da. Sie nimmt mich vorsichtig am Arm und begleitet mich zurück zu meiner Hütte. Ich schäme mich.

»Ja, Hope, deine Mutter hat recht, der Mensch kann sich an vieles gewöhnen«, sagt mein Vater resigniert.

Wie, das vermag er nicht zu beantworten und geht zurück zu seinen Freunden, um den Tag mit Waragi-Gin zu schließen.

»Wozu sind die Dorfältesten eigentlich da?«, frage ich meine Mutter, die Maria in ihren Armen schaukelt.

»Ihre Aufgabe ist es«, antwortet meine Mutter, »Frieden zu halten. Falls sie das nicht schaffen, werden sie ausgetauscht.«

»Ich stifte doch keine Unruhe. Wir sind doch die Guten«, erwidere ich.

* * *

»Weißt du, Hope«, sagt Grace, »es gibt sie nicht, die Guten und die Bösen. Das bildest du dir ein.«

»Wie meinst du das?«, frage ich sie. Ich bin nicht gefasst auf das, was sie mir offenbaren wird.

»Ich war freiwillig bei den Rebellen«, sagt sie.

»Was?«, schreie ich sie fast an.

»Ich«, sagt sie leise, »ich wollte mein Land gegen die Regierung verteidigen, es bewahren.«

»Warum?«, frage ich sie. »Bist du verrückt?«

»Nein«, sagt Grace. »Ich bin nicht verrückt. Grausamkeit ist verrückt.«

Ich blicke sie fragend an. Grace beginnt zu erzählen:

»Eines Tages kommen die Regierungssoldaten in unser Dorf. Wir denken, sie wollen uns helfen, uns beschützen. Verstehst du? Das ist aber nicht der Fall. Sie trennen uns in zwei Gruppen. Männer links. Frauen rechts. Sie fangen an, die Frauen und Mädchen zu vergewaltigen. Egal, wie alt sie sind. Einige der Mädchen sind noch Kinder, Hope, erst fünf oder sechs oder noch jünger. Das spielt keine Rolle. Auch die alten Frauen werden vergewaltigt. Meine Großmutter zum Beispiel. Ich auch. Von sechs Soldaten. Drei Tage lang. Sie wollen uns zeigen, wer wirklich der Chef ist. Deshalb, Hope, deshalb bin ich eine Rebellin geworden, nur, um schnell festzustellen, dass die Rebellen auch nicht besser sind. Sie sind genauso grausam, genauso unmenschlich, genauso brutal. Ich wollte Vergeltung und habe alles nur noch schlimmer gemacht«, sagt sie.

»Ich hatte ja keine Ahnung«, antworte ich.

»Wer hat das schon«, sagt Grace. »Tatsachen interessieren niemanden.«

Grace und ich schwören uns, dass wir zusammenhalten, egal, was passiert. Und dass wir eines nie tun werden. Uns das Leben nehmen.

Denn je mehr Zeit vergeht, desto mehr Menschen bringen sich um uns herum um. Sie hängen sich auf. Sie schlucken Gift. Sie trinken sich zu Tode. Männer. Frauen. Kinder. Ja, ganze Familien richten sich hin, weil sie es nicht mehr ertragen können, eingesperrt zu leben.

Nach meinem Zusammenprall mit den Dorfältesten denke ich zunächst auch immer häufiger an Freitod. Dann aber kommt mir Maria in den Sinn, und ich entschließe mich für das Leben. Ihr habe ich es zu verdanken, dass ich meine Gefangenschaft, anders kann ich diese Zeit wirklich nicht beschreiben, überlebt habe. Und Grace. Unser Schwur hat die Zeit hinter Stacheldraht ertragen. Was danach mit Grace passiert ist, das ist eine andere Geschichte.

Während meiner Zeit in Kalongo steht sie aber treu an meiner Seite, und wir verbringen die Tage miteinander. Grace, Maria und ich. Oder anders gesagt, Doktor Livingstone, Stanley und Grace. (Grace will nur Grace sein.) Mit unseren Phantasienamen kann sie nichts anfangen. Grace zieht mit in unsere Hütte. Sie ist allein. Nur ein Mädchen. Wie ich. Wären wir alle zusammen und lebendig, wir wären eine Armee von über 70 000 Kindern.

* * *

»Das sind ungefähr so viele Soldaten, wie Napoleon zur Schlacht bei Waterloo geführt hat«, sagt mein Vater eines Abends.

Wir sitzen wie gewohnt vorm Radio und hören Mega

FM. Grace, meine Eltern und ich. Maria schläft bereits in der Hütte. Doch an diesem Abend ist die Stimme eine andere als sonst. Sie betet nicht die Namen derer runter, die den Rebellen entkommen sind. Nein.

Es ist eine Stimme wie aus einem Grab. Eine Stimme, die ich vergessen will, aber nie vergessen werde, weil sie sich in meine Seele gebrannt hat, so wie man ein Tier mit einem glühenden Brandeisen für immer und ewig kennzeichnet.

Die Stimme gehört Joseph Kony, dem Anführer der Widerstandsarmee des Herrn, meinem ehemaligen Anführer, dem Mann, dem ich über ein Jahr lang Tee serviert habe, dem ich dienen musste; dessen Stellvertreter der Vater meines Kindes ist, Vincent Otti, der Mann, der mich missbraucht hat, immer wieder, wann immer er wollte, aus purer Lust an seinem perversen Vergnügen, der mich geschändet, der meine Seele mit Füßen getreten hat, der für mein Schicksal verantwortlich ist.

Joseph Kony, den wir den *Onkel* nennen, weil sein echter Name Unglück bringt. Joseph Kony, den wir als *schwarzen Affen* bezeichnen, weil seine Augenhöhlen so dunkel sind, spricht. Ich kann es nicht glauben. Dieser Mann richtet sich tatsächlich an uns.

Meine Beine zittern. Meine Hände sind kalt. Mein Mund steht weit offen. Ich kann nichts sagen. Ich kann nichts denken. Grace legt ihren Arm um meine Schulter. Ich höre zu.

»Es waren einmal ein Löwe und ein junger Mann«, beginnt Kony eine Geschichte zu erzählen. »Es regnete, und der junge Mann suchte Schutz in einer Hütte. Plötzlich kam ein Löwe, der sich ebenfalls vor dem Regen in Sicherheit bringen wollte. Doch die Hütte war zu klein für beide. Also schnappte sich der junge Mann den Schwanz der Bestie und versuchte, sie nach draußen zu ziehen. Den ganzen Tag lang. Ohne Erfolg. Glücklicherweise kam ein zweiter Mann vorbei. Ebenfalls jung. Genauso mutig. Weil der erste Mann erschöpft war, bat er den zweiten Mann um Hilfe. Er gab ihm den Schwanz des Löwen und machte sich auf den Weg ins nächstgelegene Dorf, um dort die Menschen zu alarmieren, damit sie den Löwen für ihn töten. Unglücklicherweise kam der Mann nicht wieder. Auch die Dorfbewohner hat man nie gesehen.«

Kony verstummt, und die Stimme des sonst üblichen Moderators beginnt uns neue Namen von Kindern vorzulesen, die aus dem Busch geflohen oder gerettet worden sind.

»Verstehst du das, Grace?«, frage ich.

»Ja. Kony glaubt, dass er den Krieg nicht angefangen hat. Ihm wurde der Schwanz des Löwen nur in die Hand gelegt«, sagt Grace.

»Schuld haben die Alten«, sagt mein Vater, der unerwartet aufsteht, die leere Waragi-Gin-Flasche in seiner bebenden Hand.

Wir blicken ihn sprachlos an.

»Jetzt erzähle ich euch mal eine Geschichte, Mädchen«, sagt mein Vater.

»Es ist spät«, sage ich, habe aber keine Chance, meinen Vater von seinem Vorhaben abzubringen.

Mein Vater ist betrunken. Er will gehört werden. Meine Mutter blickt zu Boden.

»Die Menschen glauben, dass die Alten alles besser wissen«, offenbart mein Vater. »Und weil die Alten alles besser wissen, sind ihre Entscheidungen auch immer endgültig. Selbst wenn sie wissen, dass sie einen Fehler gemacht haben, bleiben sie bei ihrem Dekret. Versteht ihr?«

Wir nicken. Mein Vater macht eine lange Pause.

»Gut«, fährt mein Vater schließlich fort, »wem sie dann aber die Schuld geben, das ist die junge Generation. Und genau das ist Ugandas Politik. So war schon immer Ugandas Politik, und so wird auch immer Ugandas Politik sein. Egal, ob der Anführer Obote, Tito, Museveni oder Kony heißt. Die Jugend –

Hope, Grace, das ist wichtig –, die Jugend wird benutzt, um unser politisches Denken zu sabotieren, um es zu zerstören, versteht ihr?«

Wir nicken erneut.

»Weil«, ereifert sich mein Vater, »die Alten nicht einsehen können, wer das Versagen dieses Landes kultiviert hat, nämlich sie. Deshalb ändert sich auch nichts. Unsere Jugend wird benutzt, und weil sie arm ist, ungebildet, ohne Vergangenheit, ohne Zukunft, ist sie leicht zu manipulieren, die Alten rauben der Jugend ihre Zeit, sie stehlen euch die Zeit. Ihr müsst euch wehren.«

Mein Vater atmet tief aus und macht eine lange Pause. Wir unterbrechen ihn nicht.

»Ich gehe jetzt schlafen«, sagt er abschließend.

»Gute Nacht, Vater«, sage ich.

»Die Menschen sind verzweifelt«, murmelt er und dreht sich um. »Sie haben nicht einmal Salz. Natürlich folgen sie dem ersten Verbrecher, der ihnen Salz gibt.«

Mein Vater verschwindet in unserer Hütte. Meine Mutter folgt ihm stumm. Grace und ich blicken uns an.

Ich glaube, wir stehen zu diesem Zeitpunkt noch immer unter Schock und haben uns bei Weitem nicht mit unserer neuen Situation abgefunden.

* * *

Im Rückblick muss ich sagen, dass mir diese Gemütslage immer noch besser gefallen hat als die darauf folgende Teilnahmslosigkeit, die sich mehr und mehr im Lager breitmacht. Mir geht es nicht anders. Ich kann mich ihrer nicht erwehren. Langsam kriecht sie unter meine Haut und nimmt von mir Besitz.

Denn zunächst habe ich mich ja wirklich auf mein Zuhause gefreut, auf meine Eltern und meine Tochter. Dieses Glücksgefühl bleibt anfangs auch bestehen. Dass Grace ein Teil unserer Familie wird, empfinde ich auch noch als sehr schön. Es ist beruhigend, eine Freundin zu haben, mit der ich mein Leben teilen kann, ohne ihr alles haargenau erklären zu müssen. Meine Stimmungen, meine ich. Meine Gemütsschwankungen. Doch genau die werden mit der Zeit immer schlimmer, und alles ändert sich. (Habe ich womöglich *Cen* in meinem Herzen?)

Alle fangen an, mir auf die Nerven zu gehen. Zum Beispiel meine Mutter, ja. Mit ihren dauernden Wehwehchen. Mal tut ihr die Hüfte weh. Dann die Handgelenke. Oder die Zähne, die ihr dauernd ausfallen. Ihr blödes Heulen, weil mein Bruder nicht wiederkommt. Sie macht mich wahnsinnig. Dabei hat er doch selbst Schuld. Er fand das so toll bei den Rebellen, er konnte ja nie genug davon kriegen, mit dem Gewehr im Busch rumzulaufen und wie blöd rumzuballern. Macht er wahrscheinlich heute noch, während sie sich die Augen aus dem Kopf flennt. Mein älterer Bruder. Er sollte auf mich aufpassen, ich nicht auf ihn.

»Mutter, reiß dich endlich zusammen. Du bist doch kein Baby«, mache ich sie an.

»Warum gehst du nicht mit Maria spazieren«, bittet sie mich ruhig.

»Mein Gott, warum gehst du nicht mit ihr spazieren«, sage ich. »Du und deine Mutterwärme.«

»Ist schon in Ordnung«, antwortet sie, »mach du, was du willst, Hope, ist schon gut.«

Und dann mein labiler Vater, nein, Unsinn, mein dauernd besoffener Vater, der nichts mehr auf die Reihe kriegt, seit man ihn gefunden und wieder zusammengeflickt hat. Ich meine, nun mal ehrlich, das ist Jahre her. Kann er sich nicht endlich am Riemen reißen und etwas Besseres mit seiner Zeit anfangen, als sich jeden Tag die Lichter auszuschießen?

»Vater, du bist schon wieder voll«, pöble ich ihn an.

»Ich weiß, Hope«, antwortet er. »Ich kann nichts dafür.«

»Tatsächlich? Wo hast du eigentlich mein ganzes Geld gelassen?«, provoziere ich ihn.

»Welches Geld?«, fragt er mich mit der Unschuldsmiene eines der Lüge überführten Kindes.

»Mann, was ich dir gegeben habe. Mein Geld. Die 50 Dollar«, sage ich.

»Das ist doch schon so lange her, Hope«, sagt er.

»Ja? Lange her? Du bist was, Vater? Ein Dieb. Du bist ein Dieb«, keife ich.

»Was bin ich?«, fragt mich mein Vater.

Er fällt aus allen Wolken und beginnt zu weinen.

»Was bist du für ein Mann?«, frage ich ihn. »Du kannst ja nicht mal auf deine eigene Familie aufpassen. Mutter ist krank. James ist vermutlich tot. Und ich? Guck mich an!«

Trotzig gehe ich meines Weges. Mein Vater blickt mir traurig nach.

»Nimm doch Maria mit«, ruft er mir hinterher.

»Maria«, donnere ich zurück, »die hat mir gerade noch gefehlt.«

Meine Tochter? Verdammt, wenn sie nicht wäre, ja, dann könnte ich meine Sachen packen und verschwinden, diesem gottverlassenen Land den Rücken kehren. Was gibt es denn hier? Außer Staub und Krieg und Elend und Sorgen? Nichts. Gar nichts.

Meine Mutter ist eine Memme.

Mein Vater ist ein Säufer.

Und meine Tochter ein Bastard.

Maria ist das Produkt einer Vergewaltigung. Nur ein weiteres Maul, das ich stopfen muss. Nicht gerade vielversprechendes Material für die Zukunft. Wer will die denn mal heiraten? Wer will mich denn schon heiraten? Niemand. Nicht mit diesem Balg an den Hacken. Mit dieser Vergangenheit im Gepäck und auf den Schultern. Ich kann mein Leben vergessen. Ist doch keinen Schilling wert.

Ach ja, und dann die Dorfältesten, die vor ihrer Hütte sitzen und kluge Sprüche klopfen, mich maßregeln, mich als eine moderne Frau beschimpfen, nur weil ich nicht auf sie hören will, nur weil ich es besser weiß als sie.

Ich drehe durch. Nichts macht mehr Sinn. Weder die Vergangenheit noch die Gegenwart. Schwamm drüber? Jeder Mensch macht Fehler? Wir leben mit einer bösen Umgebung? Richtig. So wie alle Menschen mit einer bösen Umgebung leben. Schon immer. Schwund ist dabei. Für Gott und mein Land. Nicht für Gott und mich. Für Gott und mein Land. Denk an später. Du bist sauber, Hope. Aus dir kann noch was werden, Hope. Aus mir kann noch was werden? Was kann aus mir noch werden?

Ich bin was? Ich bin saniert? Gutes Material? Solides Material? Ja, ich bin schwarzes Material. Brauchbares Hochzeitsmaterial sicher nicht. Weit gefehlt. (Läch-er-lich!) Doch darauf kommt es an. Auf unsere Traditionen. Das ist unsere Kultur. Damit habe ich kein Problem. Womit ich ein Problem habe, das sind dumme Regeln. Das verdammte Protokoll! Und guckt euch nur mal diese Nachtwanderer an. Schmuddelkinder. Ohne Zukunft. Wie wir alle hier. Seht ihr das nicht? Seid ihr alle blind? Macht doch die Augen auf.

Ihr seid fertig!

Ich bin fertig.

* * *

Ich mache alle wahnsinnig.

Ich bin zu aggressiv, sagen sie.

Wirr im Kopf.

Während meiner Ausbildung zur Krankenschwester werde

ich eines Tages folgenden Text lesen: *Uns steht ein Traumagedächtnis zur Verfügung, das sehr verschieden von unserem Alltagsgedächtnis funktioniert. So können wir uns an Inhalte, die im Traumagedächtnis gespeichert sind, beispielsweise nicht gewollt erinnern, sondern bestimmte Auslöser (Gerüche, Bilder, Töne), die denen während der Extrembelastung ähneln, rufen in uns die Eindrücke von damals wieder wach. Diese fühlen sich dann sehr gegenwärtig an, da unser Gehirn nichts davon weiß, dass die Gefahr bereits vorüber ist. Vertrauen und der Glaube an die eigene Kontrolle bezüglich der eigenen Person und der Welt sind beeinträchtigt. Außerdem werden alle Reize im Traumagedächtnis nicht als zusammenhängende Geschichte, sondern als Sammlung einzelner, unverbundener Sinneswahrnehmungen (Gesehenes, Gefühltes, Getanes, Gehörtes, Gerochenes) gespeichert. Diese Art der Speicherung ist zunächst ein sehr sinnvoller Schutzmechanismus, kann aber nach einiger Zeit, wenn die Verarbeitung nicht nachgeholt wird, zu vielfältigen Beeinträchtigungen führen. Im Vollbild kann sich eine Posttraumatische Belastungsstörung (PTBS) entwickeln, die viele Lebensbereiche der Betroffenen verändern kann. Bei der PTBS handelt es sich um eine verzögerte Reaktion auf ein belastendes Ereignis oder eine Situation außergewöhnlicher Bedrohung. Die Störung entwickelt sich charakteristischerweise nicht sofort nach dem traumatischen Erlebnis, wie dies bei einer akuten Belastungsreaktion oder einer Anpassungsstörung der Fall ist.*

Während meiner Zeit im Lager kann ich mir mein Verhalten aber nicht erklären.

»Reiß dich zusammen und werde endlich erwachsen«, fährt Grace mich an.

»Wer ist hier erwachsen?«, kichere ich wie wahnsinnig. »Ist es erwachsen, erwachsen und vernünftig, ja, ein Ei zu zertreten, um rein zu werden? Ich bin schmutzig, Grace. Wir sind schmutzig. Voller Makel und Schande. Glaubst du denn, ich kann das Geschehene ungeschehen machen, indem ich nichts dazu sage? Glaubt das mein Vater? Ist das eure neue Waffe?

Wollt ihr mich damit verändern? Einen besseren Menschen aus mir machen? Indem ihr mir eurer Schweigen ins Gesicht drückt? Nein. Ich kenne die Wahrheit. Meine Wahrheit.«

Grace dreht sich um und geht.

»Wir wollen doch nur dein Bestes, Kind«, sagt meine Mutter.

(Ich könnte ihr dafür links und rechts eine scheuern.)

»Du bist eine junge Frau geworden. Schau dich an. Deine Brüste sind gewachsen. Dein Schoß hat sich maskiert. Er ist sanft wie ein persischer Teppich. Du bist jetzt Mutter, Hope, vergiss das nicht. Die Zeit heilt alle Wunden«, sagt sie, meine Mutter.

»Was weißt du denn schon vom Leben«, schnauze ich sie an. »Du kannst ja nicht einmal lesen und schreiben.«

Meine Mutter bleibt die Ruhe selbst. Statt mir eine Ohrfeige zu verpassen, wie ich es verdient hätte, erzählt sie mir eine Geschichte. Von einst. Ich kann mich gut an alles erinnern. Als ob es erst gestern gewesen ist.

* * *

Wir sitzen am Brunnen. Um uns herum nur rote Erde. Es ist mein Paradies. Du flechtest mir die Haare. Hinterher sieht mein Kopf wie ein frisch gepflügter Acker aus. Ich mag das. Ich finde das schön. Ich finde dich schön. Egal, was die anderen Leute sagen. Ich tue schon damals, was mein Herz mir sagt. Geredet wird immer, ahne ich. Was wissen die anderen denn schon? Von dir. Von mir. Von uns. Unsere gemeinsame Zeit ist mir schon damals wichtig. Deine Gegenwart. Dass du mir zuschaust. Wenn ich Beeren pflücke und Mangos aussauge. Der Saft läuft über meine Finger, kleckert auf die Erde und versickert im Boden. Du zeigst mir, wie man eine Perlenkette bastelt. Aus dem Nichts. Nur mit Phantasie. Mit deiner Phantasie. Du bindest sie mir um meine schmalen Hüften.

Eine zweite Kette ziert meinen schlanken Hals. Es sind nur Opobo-Blätter. Na und? Ich bemale meinen Körper. In vielen bunten Farben. Du mischst die Farben aus Lehm und Sand. Dann tanze ich zu deiner Stimme. Nein, ich tanze nicht, ich zucke. Wie die Flammen auf deinem Gesicht. Am Abend. Am Feuer. Am Wangoo. Dicke Schweißperlen kullern meine Wangen hinunter. Sie versammeln sich auf meiner Oberlippe. Von wo aus sie ihren Weg zu meinem Kinn suchen.

* * *

Wie meine Tränen. Sie wollen nicht aufhören zu fließen. Jetzt. Heute. Wenn ich an damals denke. Als wir noch eine Familie gewesen sind. Meine Mutter, mein Vater, mein Bruder und ich. Wo bist du, James? Was ist mir dir geschehen? Ich wäre für dich gestorben. Warum zeigst du mir nicht, wie ich meinem eigenen Tod ins Gesicht blicke? Wenn er kommt. Eines Tages. Und er wird kommen. Früher als später. Wie soll ich meiner letzten Ruhestätte begegnen? Das Einzige, was ich in meinem Leben zu tun habe, ist, zu sterben. Alles andere tue ich freiwillig. Verstehst du das, James? Ich will mich nicht mehr wie ein Tier behandeln lassen. Hörst du mir zu? Ich bin ein Mensch. So, wie du ein Mensch bist. Du musst dich aber entscheiden, ob du ein guter oder ein schlechter Mensch sein willst. Es ist ganz einfach, James. Es ist kinderleicht. Ein Kinderspiel. Jeder Mensch trägt Schuld in seiner Brust. Ich bin nicht verrückt. Grausamkeit ist verrückt.

* * *

Ich stehe auf und verlasse unsere Hütte. Ziellos schweife ich durchs Lager. Ein dichter Nebel umhüllt mich. Bilde ich mir ein. In Wirklichkeit ist es nur der Rauch, der aus den anderen

Hütten kommt. Überall stinkt es nach Armut. Ich höre das Schreien der Kinder. Ich sehe ihre ausgemergelten Körper. Ich will das Lager verlassen und suche nach einem Ausgang. Ich finde aber keinen. Es ist, als ob ich mich im Kreis drehe. Immer wieder. Ohne Anfang und Ende. In einem fort. Ich gerate in Panik. Ich fange an, zu laufen. Immer schneller und schneller. Schweiß rinnt von meiner Stirn. Ich keuche. Ich renne und japse nach Luft. Ich kann nicht atmen. Ich tue es trotzdem, nein, mein Körper tut es für mich. Bis ich schließlich die besoffenen Soldaten erreiche, die auf ihrem verrosteten Panzer sitzen und uns bewachen. Ich stelle sie zur Rede.

»Und? Wo wart ihr, als wir euch brauchten? Wo?«, schreie ich sie an.

»Hey, hey, hübsches Mädchen, warum so wütend?«, fragt der eine Soldat.

»Was du brauchst, ist ein bisschen Spaß«, sagt der andere.

Er fasst sich mit der Hand in den Schritt. Wie Michael Jackson. Nur dass der Soldat nicht aussieht wie Michael Jackson. Sondern kleinwüchsig ist und picklig. Während sein Kamerad vom vielen Alkohol fett und aufgedunsen ist.

»Ihr seid hässlicher als die Nacht, ihr Feiglinge«, schreie ich weiter.

»Ich glaube, eine ordentliche Tracht Prügel würde dir nicht schaden«, sagt der erste Soldat.

Der zweite krempelt sich schon die Ärmel hoch und bewegt sich auf mich zu. Ich schmeiße mich auf ihn, so, wie ich bereits die Diebin meiner Karotten angegriffen habe, wie eine Wildkatze. Doch der Soldat ist stärker, und ich bekomme, was ich wohl auch verdient habe: harte Schläge.

Zum Glück ist Grace mir gefolgt. Sie kommt wie aus dem Nichts hinzu und zerrt mich von den Soldaten fort. Sonst hätte ich meine Strafe unter Umständen nicht überlebt. (Soldaten scherzen nicht.)

»Feiglinge«, schreie ich ihnen zu. »Ihr seid nichts als Feiglinge.«

Sie lachen. Meine Nase blutet. Mein Hemd ist zerrissen. Meine Hose hängt mir in den Knien. Ich sehe erbärmlich aus. Alles ekelt mich an. Alles stößt mich ab. Die Hässlichkeit, die mich umgibt. Die zerfetzten Menschen. Ausgemergelt und kaputt. Es gibt keine Solidarität zwischen Leidenden. Das Gegenteil ist der Fall. Es bedarf eines Dorfes, um ein Kind großzuziehen? Nein. Es bedarf eines Dorfes, um ein Kind zu ersticken, ihm sein *Ich* zu rauben. (Ich glaube, die Antworten zu kennen.) Und dieser bekloppte Gemüsegarten. Ich hasse Gemüse. Ich will Fleisch. Jeden Tag. Und viel davon. Ich trample durch die Beete und zerstöre meine Ernte. Meine Eltern sehen fassungslos zu. Keiner schreitet ein. Ich glaube, sie fürchten sich vor mir.

Denn ich bin wieder das, was ich nie wieder sein wollte: Hope, das Tier.

Das Tier in mir ist erwacht.

Und es macht mir große Angst. Ich habe dieses Tier schon einmal kennengelernt.

Damals.

Als ich im Busch war.

Bei den Rebellen der Widerstandsarmee des Herrn, da bin ich zu diesem Tier geworden. Ich bewege mich zurück. Ich werde wieder ordinär und grob. (Ist das unsere Natur? Ist das unser Wesen?)

Die Teilnahmslosigkeit im Lager hat mich mittlerweile abgestumpft. Es ist mir so was von egal, was um mich herum geschieht. Ich umgebe mich mit dem Schutzschild der Emotionslosigkeit. Sie ist wie ein Vakuum. Meine Seele implodiert. Und es ist nicht mehr allein der Hunger, der so schmerzt, oder die Schläge der Soldaten, nein, was mich zerreißt, tief in meiner Seele brennt, ist die seelische Qual, die ich erleide, die wir erleiden, weil all das hier so ungerecht ist, so unvernünftig, so unangemessen, so unzumutbar, so unmenschlich.

Wie wenig ein Leben doch wert ist, weiß man erst, wenn man in einer Armee gedient hat oder in einem Flüchtlingslager war. Ich habe beides erlebt.

Alle sind reizbar und immerfort erregt. Alle leiden unter Minderwertigkeitskomplexen. Als ob man ihnen das *Ich* geraubt hat, und das *Wir* gleich mit. Die Männer schlagen ihre Frauen. Die Frauen schlagen ihre Kinder. Die Kinder schlagen sich gegenseitig. Es ist die Hölle. Es geht dabei nur darum, andere Menschen zu dominieren. Weil man selbst dominiert wird, sich nicht wehren kann. »K-k-komm, du k-k-kleine Sch-sch-schlampe. D-d-das kannst d-d-du doch we-we-wenigstens«, sabbert mich Vetter Paul eines Tages an.

Mit einem Stein schlage ich ihn bewusstlos und entkomme anschließend nur knapp einer Vergewaltigung. Ich sollte wieder in den Busch gehen, bin ich kurz davor, mich zu entscheiden. Zumindest geben sie mir dort eine Waffe, und ich kann mich verteidigen. Hier bin ich hilflos, dem ganzen Elend ausgeliefert. Nicht einmal meine Familie kann mich beschützen. Vor was? Vor meinen eigenen Leuten, meinem Volk.

»Morgen gehe ich zurück«, sage ich zu Grace.

»Du redest Unsinn«, antwortet sie mir stoisch. »Du bleibst schön hier.«

»Hier? Hier bin ich nur ein sterbender Mensch, weniger als das«, sage ich.

»Gib deinen Glauben an Gott nicht auf. Er wird uns helfen«, will Grace es besser wissen.

Die Männer reden über Politik. Und über Religion. Gott. Nur, wo ist Gott, wenn wir ihn brauchen? Warum ist er so gemein zu uns? Hat er kein Mitleid? Nicht einmal mit den Kindern? Will er uns testen? Was fällt ihm ein? Haben wir nicht schon genug gelitten?

»Hör zu, Gott«, schreie ich in den Himmel, »wie lange sollen wir das noch aushalten?«

Jemand behauptet, dass der Krieg vorbei sei. Es sind natürlich alles nur Gerüchte, keine Fakten. (So wie Männer Ausreden mit Entschuldigungen verwechseln.)

Die Nachrichten verbreiten sich wie ein Lauffeuer durchs Lager. Alle sind plötzlich ganz aufgeregt, schmieden Pläne für die Zukunft. Dann passiert nichts, und es ist noch schlimmer als vorher.

Trotz meines Zustands bemerke ich, dass die geistreichen Menschen, die gläubigen Menschen, eine bessere Chance aufs Überleben haben als die, die nur große Reden schwingen. Als ob sie sich von einem inneren Leben ernähren.

Wie meine Mutter. Sie beschwert sich nie. Scheinbar macht es ihr nichts aus, mehrere Tage lang ohne Nahrung auszukommen. Und mein Vater, ja, an ihm geht das Elend auch nicht einfach vorbei. Er sitzt nur da, säuft aus lauter Verzweiflung immer mehr und wartet.

»Gott wird uns helfen, Hope, das verspreche ich dir«, sagt er und – schüttet sich den Gin die Kehle runter.

Ich gebe Gott noch eine Chance und bete.

»Lieber Gott«, sage ich, »hast du schon einmal eine solche Erfahrung gemacht? Weißt du, was aus einem ausgehungerten und eingesperrten Menschen wird? Weißt du das? Weißt du, dass die Leidenden und die Toten normal und gemein für uns sind? Dass jegliches Menschsein uns verlassen hat? Dass wir nichts anderes zu tun haben, als zu warten? Immer nur zu warten? Weißt du das, Gott?«

Gott antwortet mir nicht. Auf jeden Fall nicht direkt. Doch er spricht zu mir. Anders.

Ich lerne etwas Wichtiges. Nämlich, dass die Erlösung des Menschen nur durch Liebe geschieht.

Meine Tochter wird krank. Maria hat Malaria. Drei Tage

lang bangen wir um ihr Leben. Wir hoffen. Wir beten. Wir weinen. Wir halten zusammen. Maria überlebt. Und ich wache auf.

Ich danke Gott und verspreche ihm, mich zu bessern, nicht mehr ungerecht zu sein, sondern mein geschenktes Leben, nein, unser geschenktes Leben, von ihm geschenktes Leben, mehr zu würdigen. Ich beginne, mich um meine Eltern zu kümmern. Ich massiere die Beine meiner Mutter, weil sie sie so schlecht bewegen kann.

»Du glaubst gar nicht, wie gut das tut«, bedankt sich meine Mutter.

Ich rasiere meinen Vater, der plötzlich wieder wie neu aussieht.

»Daran kann ich mich gut gewöhnen«, sagt er und grinst in den Spiegel.

Wir finden eine neue Waffe gegen unsere Situation. Die Zuneigung.

Als endlich die Regenzeit beginnt, tanze ich im Gewitter und lasse diesen ganzen Dreck von mir waschen. Endlich bin ich rein. Ich habe mich gereinigt. Weil ich es will. Nicht weil es von mir erwartet wird. Alle starren mich an. Die Nachbarn. Meine Eltern.

»Ich bin noch nicht einmal eine richtige Frau, und mein Leben ist schon vorbei«, sage ich später zu meinem Vater, als er und meine Mutter mich abtrocknen.

Mein Vater nimmt mich in seine Arme und streichelt meinen Kopf. Das hat er noch nie getan. Ich weiß nicht, woher die plötzliche Gefühlsregung meines Vaters stammt. Aber sie gefällt mir, seine Nähe. Ich fühle mich wie eine Tochter, wie eine perfekte Tochter. Meine Mutter hält meine Hand.

»Was du erlebst, mein Kind, kann keine Macht der Welt dir nehmen. Mache eines Tages etwas Wertvolles daraus«, sagt mein Vater.

»Was kann denn so kostbar an meinem Leben sein, Vater? Niemand sieht mein wahres Gesicht«, antworte ich ihm.

»Ich habe so viele Masken in meinem Leben getragen«, sagt mein Vater. »Die des Studenten. Die des Soldaten. Die des Trinkers.«

»Und die des Vaters«, unterbreche ich ihn.

Er blickt mich an. Er lächelt übers ganze Gesicht. Seine Lachfalten um die Augen sind tief.

»Nein. Nur als Vater trage ich mein eigenes Gesicht«, sagt er.

Meine Mutter weint. Ich nehme meine Eltern in die Arme.

Und irgendwann ist alles vorbei.

* * *

Als die ersten Lager 2006 aufgelöst werden, ist die Stimmung gemischt. Einige Leute freuen sich, andere wissen schon nicht mehr, an was sie sich berauschen sollen. Sie haben ihre Lebensfreude verloren, ihre Abwehrmechanismen abgegeben, als Menschen ausgecheckt. Sie sind anonym geworden, inkognito, Persona non grata, exotisch, fremdartig, geheim. Hastig laufen alle wie Zombies rum, wissen nicht mehr, was es heißt, ein menschliches Wesen zu sein.

Die Gegenwart ist wie eine Illusion, unwahr.

Der Druck ist gewichen.

Der Krieg ist vorbei.

Kony ist angeblich Geschichte, unsere Geschichte, nichtsdestotrotz.

Wir können uns wieder frei bewegen, zurück in unsere Dörfer. Niemand jubelt.

»Was ist los mit euch?«, schreie ich ihnen entgegen.

Die Ältesten murmeln etwas von Gott und Gnade, von Versöhnung und Wahrheit. Sie wollen eine Kommission einrichten, die der Verbrüderung dient.

Nicht alle benehmen sich so tolerant. (Zivilisiert?)

Zwei Jugendliche eilen zu den betrunkenen Soldaten, stopfen sie in Autoreifen, gießen Benzin drüber und zünden sie an. Niemand trauert den Männern nach.

Ein Bruder meines Vaters kommt zu Besuch. Aus Kampala. Wo er sich die vergangenen sechs Jahre unter einem falschen Namen verkrochen, sich und uns verleugnet hat, um nicht als ein Acholi erkannt zu werden. Beim Anblick des Lagers wird ihm schwindelig.

»Davon haben wir nichts gewusst«, sagt er.

Mein Vater schaut seinem Bruder in die Augen.

»Wir hatten es auch nicht leicht«, sagt der kleinlaut.

Mein Vater dreht sich um und versinkt in unserer Hütte.

»Was ist los mit ihm?«, sagt sein Bruder. »Freut er sich nicht, mich zu sehen?«

An diesem Abend betrinkt sich mein Vater wie selten zuvor.

Ich besorge ihm den Waragi-Gin.

Ich tue es gerne.

KAPITEL 2

Ich gebe, damit du gibst

Es gibt keine Situation, aus der ich mich nicht befreien kann. Das habe ich aus sechs Jahren Flüchtlingslager und Isolation gelernt; und dass es keine Gerechtigkeit ohne Frieden gibt. Doch wie sollen wir über Wiedergutmachung sprechen, über Verbrüderung und Vergebung, wie sollen wir nach diesen Maßstäben leben, wenn die Strukturen, die unsere Gewalt erst hervorgebracht, sich nicht geändert haben und vermutlich auch nicht ändern werden? Letztendlich hat mein Vater recht. Unsere abgeklärten Führer sind für unser Schicksal verantwortlich zu machen. Ich habe mehr und mehr den Eindruck, dass nicht die Entscheidungen an sich wichtig sind, sondern wer sie fällt.

»Unser Konflikt geht nicht nur den Norden etwas an. Er ist ein nationales Problem. Ich hoffe, ihr teilt meinen Standpunkt«, sagt mein Vater den Dorfältesten. »Selbstverständlich findet er bei uns statt. Wir leiden seit Jahren. Aber dieser Krieg, auch wenn er jetzt scheinbar vorbei ist, ist ein Problem, das ganz Uganda betrifft, nicht nur die Acholi. Meint ihr nicht auch?«

Die Dorfältesten nicken, brummen einige Worte und stimmen meinem Vater zu. Ich stehe neben ihm und bewundere ihn: Okello Joseph, wie mein Vater mit vollem Namen heißt. (Wir stellen den Familiennamen vor den Vornamen. Familie kommt zuerst.) Mein Vater hat seit zwei Wochen, seit dem Ende des Krieges, keinen Schluck Alkohol getrunken. Seine Worte klingen klar und deutlich. Er ist von sich und seinen Ansichten überzeugt und hofft, dass die Dorfältesten seine Meinung ernst nehmen werden. Es ist sein Ziel, mit uns möglichst bald in unser Dorf zurückzuziehen. So, wie es auch der

Wunsch der anderen Menschen ist, endlich dieser Qual den Rücken zu kehren. Sie haben meinen Vater gebeten, mit den Dorfältesten zu reden, weil man ihn früher ernst genommen hat und er ein guter Redner ist. Mein Vater kennt keine Scheu. Wenn er etwas will, dann findet er einen Weg, es sich zu holen. Das ist auch jetzt so. Trotz seiner Behinderung. Vielleicht macht sie ihn sogar stärker. Weil er dem Tod von der Schippe gesprungen ist und das Leben nun umso mehr schätzt. Ich bin stolz auf meinen Vater. Er spricht für die einfachen Leute. Das passt zu ihm. Das passt zu mir.

»Was sollen wir deiner Ansicht nach tun, Joseph?«, fragt einer der Männer meinen Vater.

»Zunächst einmal müssen wir die Leute zurück in ihre Dörfer bringen«, antwortet mein Vater. »Es ist besser, nach Hause zurückzukehren, als für immer verstoßen zu bleiben. Wenn wir wieder daheim sind, dann werden wir auch das Lachen wieder hören; das Lachen der Kinder, wenn sie herumtollen und spielen. Das Kichern der Mädchen und Frauen, wenn sie Scherze machen, auf dem Feld arbeiten, um uns zu versorgen und ihrer traditionellen Rolle zu folgen. Wir werden unsere Hütten aufbauen, die Mangobäume werden wieder blühen und unseren Familien ihre Früchte schenken, so, wie die Frauen uns neue Kinder geben werden, damit unser Volk, damit die Acholi, die stark und mutig und charakterfest sind, nicht aussterben.«

»Das stimmt, Joseph, du bist weise. So soll es sein«, sagt ein anderer Mann.

Mein Vater bedankt sich für die Audienz. Bevor wir aber gehen, hat er noch eine Frage.

»Ihr kennt doch alle meine Tochter. Ihr Name ist Hope«, sagt er.

»Wir haben bereits ihre Bekanntschaft gemacht«, sagt der kurze, stramme und kräftige Mann, der mir damals verboten hat, mein Theaterstück aufzuführen.

»Hope glaubt«, sagt mein Vater, »dass es an der Zeit ist, die Geister der Vergangenheit zu verjagen, damit wir wieder atmen können.«

»Ist das so, Hope?«, fragt der Mann, ohne mir dabei in die Augen zu schauen. Sein Mundgeruch lässt mich auch jetzt wieder schwanken.

»Bitte. Ich möchte mein Theater wiederhaben. Ich möchte den Menschen von uns Kindersoldaten berichten. Ich möchte«, beginne ich ihm höflich zu antworten, als er mich unterbricht.

»Schau, Okello Joseph, noch sterben die Menschen. Sie leiden. Wenn ein Segen zu früh kommt, wird er sich gegen dich richten«, sagt der Mann. »Stell den Antrag deiner Tochter bei unserem nächsten *Kacoke Madit*. Dann sollen wir darüber entscheiden.«

Mein Vater bedankt sich von neuem, dreht sich um und geht. Dabei schleift er mich mit sich. Ich gehorche. Mein Mund ist offen. Wieder einmal kann ich es nicht fassen.

»Sie wollen es nicht kapieren«, erwidere ich. »Wann ist die nächste Vollversammlung, Vater?«

»Wann immer die Dorfältesten es für richtig halten«, antwortet mein Vater.

Der letzte *Kacoke Madit* liegt sechs Jahre zurück. Ich bin enttäuscht. Wird sich nie etwas ändern? Auch jetzt nicht, wo wir angeblich in Eintracht leben?

»So machen wir das hier. So kommen wir miteinander aus. Gib ihnen Zeit, Hope. Sie müssen sich erst daran gewöhnen, dass ein junges Mädchen die Initiative ergreift«, antwortet mein Vater.

»Wie lange soll ich denn warten, Vater?«, frage ich ihn.

»Die Welt verändert sich. Diese Männer werden sich beugen«, sagt er.

Ich nicke stumm und entscheide mich, geduldig zu bleiben. Aber wie lange noch? Und warum überhaupt? Genau. Warum?

Plötzlich bleibt mein Vater stehen.

»Warum soll ein junges Mädchen eigentlich nicht die Welt verändern«, sagt er und schleift mich zurück zu den Dorfältesten.

»Was gibt's denn noch?«, fragt der Mann mit dem schlechten Atem.

»Es gibt noch viel zu besprechen. Meine Tochter hat große Pläne«, antwortet mein Vater.

»Dafür haben wir heute keine Zeit«, sagt der Mann.

»Aha. Interessant. Was habt ihr denn zu tun, außer hier rumzusitzen?«, beginnt mein Vater, die Männer zu provozieren.

»Okello Joseph, das braucht dich nicht zu interessieren«, sagt der Mann.

»Das braucht mich also nicht zu interessieren«, wird mein Vater nun lauter.

»Halte deine Stimme im Zaum, Okello Joseph«, warnt der Mann meinen Vater.

»Ihr braucht keine Angst zu haben«, sagt mein Vater, »ich bin zu alt und zu krank, um richtig wütend zu werden. Aber glaubt mir, wäre ich zehn Jahre jünger, ja, dann würde ich mich von euch nicht so abspeisen lassen.«

Die Männer blicken meinen Vater ungläubig an.

»Du vergreifst dich im Ton«, sagt der Mann schließlich, und meinem Vater platzt die Hutschnur.

»Ich vergreife mich im was? Im Ton?«, fragt mein Vater rhetorisch und fährt dann fort: »Es gab eine Zeit, da hätte sich niemand getraut, mir zu sagen, ich vergreife mich im Ton. Es gab eine Zeit, da war ich nicht nur ein Vater, sondern auch ein Mann, ein Soldat. Und was habe ich da gesehen? Ich habe Jungen und Mädchen gesehen, jünger als Hope, die wurden getötet, damit ihr leben dürft. Eure Kriege. Eure Regeln.

Hope aber lebt. Hope hat überlebt. Und ihre Seele ist intakt«, sagt er.

Ich versuche meinen Vater wegzuziehen. Er lässt es nicht zu.

»Ihre Seele ist intakt«, wiederholt er, »und soll ich euch auch sagen, woher ich das weiß?«

Die Männer reagieren nicht.

»Weil sie noch immer an dieses Land glaubt«, sagt mein Vater.

»Komm«, flüstere ich ihm zu, »lass uns gehen.«

»Moment«, sagt mein Vater und baut sich stolz vor den Männern auf. »Fragt euch doch endlich mal, wer dieses Land führen soll, wenn ihr eines Tages nicht mehr lebt. Ihr müsst doch schon heute die nächste Generation heranzüchten. Bevor es zu spät ist. Guckt euch Hope an. Sie hält die Zukunft in ihren Händen. Hört ihr zu. Eines Tages werdet ihr stolz darauf sein.«

Die Männer wenden sich von meinem Vater ab. Ich nehme seine Hand. Schweigend gehen wir zu unserer Hütte.

»Warum sind wir überhaupt die ganzen Jahre in diesem Lager geblieben?«, frage ich meine Mutter am Abend.

»Wo hätten wir denn hin sollen?«, fragt sie mich zurück.

»Nach Hause natürlich«, sage ich.

»Man hat es uns verboten«, antwortet meine Mutter.

»Wir haben uns von zwei Soldaten einsperren lassen, Mutter«, weise ich sie zurecht.

Meine Mutter blickt mich lange an.

»Schau, Hope, wir dachten, dass es nicht schlimmer werden kann. Wir dachten, morgen wird's bestimmt besser. Wir dachten, dass Gott uns helfen wird. Morgen. Immer wieder dachten wir an das Morgen. Niemand von uns konnte ahnen, was auf uns zukommt. Im Heute. Wie auch«, sagt meine Mutter.

»Aber warum hat keiner von euch etwas getan, die Initiative ergriffen? Ich meine, fast zwei Millionen Acholi lassen sich wie Vieh behandeln. Und ich dachte, wir sind ein mutiges Volk«, sage ich.

»Das sind wir auch. Wir sind mutig und redlich. Wir haben uns nichts vorzuwerfen«, sagt meine Mutter resigniert.

Mir fällt keine passende Antwort ein.

»Ich hoffe, dass uns so was nie wieder passiert«, sage ich letztendlich.

»Was anderes kannst du auch nicht tun, liebe Tochter«, sagt meine Mutter, und mein Vater fügt hinzu: »Vielleicht hat Kony die richtige Idee gehabt. Vielleicht brauchen die Acholi endlich ihren eigenen Staat, wo man uns nicht mehr behandeln kann wie Menschen zweiter und dritter Klasse.«

Wir sitzen vor unserer Hütte. Meine Eltern, Maria, Grace und ich. In wenigen Wochen, wenn wir der Regierung glauben dürfen und falls die Dorfältesten uns in der Tat ihren Segen geben, geht's zurück in unser Dorf. Ich kann es kaum erwarten.

»Du kannst gerne mit uns kommen, Grace«, bietet mein Vater ihr an. »Du bist schon lange wie eine Tochter für uns.«

»Wirklich?«, sagt Grace überrascht. »Danke.«

»Was für eine wunderbare Idee«, sagt meine Mutter. »Die Hilfe kann ich gut gebrauchen.«

Ich freue mich. Grace wirkt skeptisch.

»Stimmt was nicht?«, frage ich sie.

»Nein. Alles in Ordnung. Super Idee«, antwortet Grace.

»Raus mit der Sprache«, will ich später beim Abwaschen die Wahrheit wissen.

»Ich gehe nach Kampala«, antwortet sie ohne Zweifel.

Ich glaube ihr nicht.

»Du gehst nicht nach Kampala«, wiederhole ich. »Was willst du denn da?«

»Ich will dort mein Glück versuchen. Hier gibt es keine Zukunft für mich. Das siehst du doch. Glaubst du etwa, dass es im Dorf besser sein wird? Wo alle unsere Geschichte kennen? Kein Mann, Hope, wird sich je mit uns einlassen. Das verspreche ich dir. Nicht mit mir. Nicht mit Grace. Ich werde einen guten Job finden. Ich werde unabhängig sein. Aber das ist nicht alles«, beichtet Grace mir von ihren Plänen.

»Nicht alles?«, frage ich. »Was denn noch?«

»Ich werde versuchen, irgendwie ins Ausland zu kommen. Ich gehe nach London. Ich werde für die Queen arbeiten. Unsinn. Ich werde Prinz William heiraten. Oder seinen kleinen Bruder? Egal, Hope. Süß sind beide. Hörst du? Kampala ist nur ein Sprungbrett für mich. Dort gibt es viele Ausländer. Dort gibt es viele Möglichkeiten. Vielleicht nimmt mich jemand mit. Norduganda ist eine Sackgasse. Verstehst du?«, phantasiert sie.

»Du willst dir also einen Mann angeln«, sage ich.

»Ja, das will ich. Absolut«, gibt Grace ihr Vorhaben nochmals zu. »Meinst du nicht, dass ich das kann? Guck mich an, Hope. Was siehst du?«

Ich schaue meine Freundin genau an und sehe, was ich sehen will. Grace dreht sich im Kreis. Wie ein Model bei einer Modenschau. Sie hat wirklich eine tolle Figur. Grace ist schlank, hat große, feste Brüste und ein schmales Becken. Aus Höflichkeit nicke ich zustimmend. (Was bilde ich mir ein, in Grace zu sehen?)

»Was meinst du?«, fragt Grace.

»Die Zeiten ändern sich«, sage ich schüchtern.

»Darauf werde ich nicht warten. Komm mit«, sagt Grace und legt mir ihre Hand auf die Schulter. »Du und ich. Wie in alten Zeiten.«

Sie dreht sich um und geht zurück zur Hütte. Langsam folge ich ihr. Nach Kampala, geht es mir durch den Kopf. Nach London? Einen Unbekannten heiraten? Nun, erst mal einen finden, denke ich. So einfach ist das sicher nicht. (Ich habe noch nie einen Freund gehabt.)

»Wie findet man in Kampala einen Mann?«, flüstere ich ihr später in der Hütte zu.

Meine Eltern schlafen bereits. Das glaube ich zumindest.

»Es gibt Lokale, wo sie hingehen, um Bier zu trinken«, flüstert Grace zurück.

»Tatsächlich?«, sage ich leise. »Und die kennst du?«

»Ich habe davon gehört. Ein Laden heißt *Rock Garden*. Da soll's richtig zur Sache gehen. Wie in *Al's Bar*. Weißt du, ich mache mir da keine Gedanken. Ich werde den richtigen Ort schon finden«, zischt Grace.

»Woher weißt du das?«, zische ich zurück.

»Ich vertraue meinem Instinkt«, murmelt Grace müde. »Etwas Einzigartiges wird passieren.«

»Hast du keine Angst?«, frage ich sie. »Lass uns offen miteinander sein.«

»Nicht so laut, Hope«, nuschelt Grace und legt ihre Hand auf meine Lippen. »Träum mit mir, Hope. Begleite mich, Hope. Das Leben ist doch viel schöner, wenn man es sich bunt ausmalt, oder?«

»Ausmalt?«, frage ich.

»Ja, ausmalt. Möchtest du dein Leben wirklich so leben, wie es ist? Möchtest du es nicht lieber so leben, wie es sein könnte?«, fragt Grace.

Ich blicke Grace in die Augen und nicke langsam.

Grace lässt meinen Mund los, dreht sich um und schläft. Ich finde keine Ruhe und kann die ganze Nacht lang nicht schlafen.

Am nächsten Morgen gehe ich mit meiner Mutter zum Wasserholen.

»Kampala ist eine große Stadt«, sagt sie unvermutet.

Ich schäme mich. Meine Mutter hat uns gehört.

»Ich bleibe hier, Mutter«, verspreche ich ihr. »Ich lass euch nicht im Stich.«

»Das ist nicht der Punkt, Hope«, antwortet sie. »Ich würde dir nie Steine in den Weg legen.«

»Ich weiß, Mutter«, sage ich. »Danke.«

»Dein Glück ist mir wichtig«, sagt sie. »Aber einfach so ins Blaue fahren? In Kampala kannst du leicht verlorengehen.«

»Das weiß ich doch, Mutter«, antworte ich selbstbewusst und allwissend. (Wie 19-jährige Mädchen so sind.)

»Das weißt du nicht, Hope. Du hast viel erlebt, aber noch keine Großstadt. Du kennst die Gefahren nicht, die dort auf dich warten. Ich will nicht noch ein Kind verlieren. James ist noch immer nicht –«, sagt meine Mutter und unterbricht sich selbst.

Ich frage nicht weiter nach. Schweigend kommen wir schließlich am Brunnen an und setzen uns unter einen Mangobaum. Wir verschnaufen.

»Kannst du dich noch an meine Entführung erinnern?«, frage ich sie.

»Selbstverständlich kann ich das. Du etwa nicht«, antwortet sie.

Ich senke den Kopf und blicke stumm auf den Boden.

»Soll ich dir davon erzählen, Hope? Willst du diese Tür noch mal aufmachen?«, fragt mich meine Mutter.

Ich blicke sie lange und ernst an.

»Ja«, sage ich mutig.

* * *

Ich höre die Geräusche der Gewehrkolben, mit denen uns die Rebellen die Köpfe knacken. Wie Nüsse. Ich höre die Schreie der Frauen, die vergewaltigt werden. Von Kindern. Von Jungen so alt wie mein Bruder. Sie sind picklig. Sie haben keine Hemmungen. Sie kennen keine Reue. Die Rebellen verlangen Kinder. Mich. Und meinen Bruder. Meine Mutter ist hilflos. Wie mein Vater. Die Rebellen sind in der Überzahl. Ich habe noch geschlafen, als sie unser Dorf überfallen. Ein Soldat, nicht viel älter als ich, reißt mich aus der Hütte. Ich trage nur ein T-Shirt. Ich stolpere aus der Hütte. Der Junge prügelt mich zu Boden. Auf allen Vieren krieche ich zu meiner Familie, die unter einem Mangobaum kauert. Meine Mutter, mein Vater, mein Großvater, sie sehen aus wie verschüchterte Tiere. Meine Mutter weint. Haben die Rebellen keine Mütter? Kennen sie keine Unsicherheit? Keine Genügsamkeit? Keine Wunschlosigkeit? Keine Zufriedenheit? Keine Hingabe und Demut? Keinen Gott? (Wo ist Gott?) Ein Junge tritt meiner Mutter ins Gesicht. Er kann ihr Heulen nicht mehr ab. Ihre Nase zerbricht. Sie spuckt Blut. Ein Mädchen springt auf ihren Rücken. Als ob sie eine alte Matratze wäre. Meine Mutter. Eine abgenutzte Matratze. Das Mädchen schlägt ihr mit einem Gewehrkolben gegen den Kopf. Immer wieder. Meine Mutter wehrt sich. Im Inneren. Sie will ihr Bewusstsein nicht verlieren. Sie blickt mir in die Augen und ruft: »Nehmt mich. Nehmt mich. Lasst meine Tochter hier. Ich bitte euch. Ich flehe euch an.« Ein anderes Mädchen greift nach den Haaren meiner Mutter und reißt ihren Kopf herum. Es verlangt nach Medizin. Es braucht Medizin. Es ist krank. Selbst ich kann sie riechen, die Krankheit. Meine Mutter sagt, dass wir keine Medizin haben, dass wir arm sind, sie uns doch bitte, bitte am Leben lassen sollen. Das Mädchen lacht und kommt auf mich zu. Ich bin noch ein Kind. Ich bin erst elf. Elf Jahre alt. Meine Examen stehen bevor. Ich will einmal Ärztin werden. Meine Eltern sind stolz auf mich. Ihre Tochter. Eine Ärztin. Nicht nur eine Krankenschwester. »Gnade«, schreit meine Mutter, »Gnade!« Dann verliert sie das Bewusstsein, und ich spüre, wie sich die Hand des Mädchens um meine Kehle schnürt.

* * *

»Als ich wieder aufwache, bist du verschwunden«, erzählt meine Mutter. »Wie dein Vater und James. Sie haben alle Jungen und Mädchen aus der Umgebung mitgenommen. Wir hören, dass sie euch ausbilden, zu Soldaten formen werden. Ihr sollt in den Krieg ziehen. Um die Acholi zu retten. Unser Volk. Gegen die Regierung in Kampala. Wir verstehen das nicht. Ich verstehe das nicht. Ich traue mich nicht, jemanden zu fragen. Wen hätte ich auch fragen sollen? Was fragt man einen Menschen, der eine Waffe trägt? Ich weiß nur eines, du bist meine Tochter, und meine Tochter zieht nicht in den Krieg. Du tust es trotzdem, und ich kann nichts dagegen tun.«

Meine Mutter wischt ihre Tränen ab, steht auf und füllt die Plastikcontainer mit Wasser. Ich folge ihr. Stumm verrichten wir unsere Arbeit.

Erst auf dem Weg nach Hause beginnt meine Mutter erneut, das Gespräch mit mir zu suchen.

»Was macht eigentlich dein Freund, der Journalist?«, fragt sie mich.

»Er ist nicht mein Freund«, sage ich.

»Ich weiß, Hope«, antwortet sie und grinst mich an. »Natürlich ist er nicht dein Freund. Die Leute glauben das aber.«

»Wieso?«, frage ich.

»Er besucht dich seit drei Jahren. Das macht er doch nicht nur so«, sagt sie.

»Glaubst du das auch?«, frage ich.

»Nein«, sagt meine Mutter.

»Das ist auch Unsinn«, sage ich wütend. (Wie 19-jährige Mädchen wütend werden, wenn ihnen etwas peinlich ist.)

»Keine Ahnung. Er wollte irgendwann wieder vorbeischauen«, sage ich.

»Vielleicht solltest du ihm deine Geschichte erzählen«, sagt meine Mutter.

»Warum?«, frage ich sie.

»Es könnte dir gut tun. Oder gibt es hier viele Leute, die dir zuhören?«, fragt sie.

»Du hörst mir zu«, sage ich.

»Das ist etwas anderes. Mit mir kannst du nie so ehrlich sein wie mit einem Fremden«, sagt meine Mutter.

»Ich denke drüber nach«, sage ich.

* * *

Zwei Wochen später treffe ich ihn wieder. Den *Journalisten*. Er kommt aus Deutschland und hat einen komischen Gang. Wie jemand, der einen Gerichtssaal als Verlierer verlässt. Oder ein Krankenpfleger, der ein schweres Bett über den Flur schiebt. Ich kenne ihn bereits seit 2003. Wir sind uns zufällig im Flüchtlingslager über den Weg gelaufen. Bei einer seiner Recherchen. Was dort wirklich vor sich gegangen ist, hat er nicht gesehen. Wir haben auch nicht darüber gesprochen. Wir sind sehr reserviert gewesen. Wir haben uns geschämt. Ich habe mich geschämt. (Außerdem spricht ein Acholi nur gegenüber einem anderen Acholi die absolute Wahrheit aus, reden wir uns unseren Zusammenhalt zumindest ein.)

»Schön, dich zu sehen«, sagt er bei unserer Begrüßung.

»Bin ich pünktlich?«, frage ich. (*Munos* bestehen auf Pünktlichkeit.)

»Seit ich in Uganda bin, bin ich irgendwie viel ruhiger, geduldiger und gelassener geworden«, antwortet er und grinst.

Er bittet mich auf sein Motorrad. Die Nachbarn starren uns an. Der Journalist bemerkt es.

»Freunde von dir?«, fragt er mich.

»Nein«, sage ich genervt.

»Die denken wahrscheinlich, dass ich dein Freund bin«, antwortet er und lacht.

Ich beobachte meine Nachbarn. (Wenn Blicke töten könnten!)

Der Journalist wirft seine Maschine an. Sie heult laut auf, und er rast in so einem Tempo los, dass ich nach vorne katapultiert werde und meine Arme von hinten um ihn schlingen muss, um nicht vom Motorrad zu fliegen. Staub wirbelt auf.

»Dann sollen sie wenigstens was zu tratschen haben«, ruft er mir zu.

Ich grinse.

Wir rasen nach Gulu, und ich komme mir vor wie auf einem *boda-boda*. Ich fühle mich frei und unbeschwert. In einem Restaurant essen wir zu Mittag. Es heißt *Diana's Garden*. Hier wird kein *Muno*-Essen serviert. Es gibt ein Buffet mit lokalen Spezialitäten. Ich liebe ugandisches Essen. Wie *Matoke*. Das sind gedämpfte, grüne Kochbananen. Unsere Nationalspeise. Traumhaft. (Nach sechs Jahren *Posho* ist *Matoke* noch immer der Höhepunkt eines jeden Tages für mich.) Dazu esse ich *Chapati*.

Chapati ähneln einem Fladenbrot und sind sehr, sehr fettig. Ich rolle sie mit meinen Fingern zusammen und tunke sie in Erdnusssoße. Unübertrefflich lecker. Anschließend schlage ich mir den Bauch mit kleingehacktem Hühnerfleisch voll, verzehre einmal Ziegencurry und bestelle mir zum krönenden Abschluss eine *Rolex*. Für diese Spezialität brät mir der Koch ein Omelett – zwei Eier, Salz und andere Gewürze – auf einer Metallplatte, legt es zwischen zwei *Chapati* und rollt diese dann gekonnt zusammen. Fertig ist die *Rolex*. Ich beiße gleich rein. (Ich habe immer Hunger.) Meinen Festschmaus spüle ich mit mehreren zuckersüßen Cola runter, der Journalist nippt an einem *Nile*-Bier.

»Schmeckt's?«, fragt der Journalist.

Ich grinse mit vollem Mund. Der Journalist lacht.

»Probieren«, schmatze ich.

»Klar«, sagt der Journalist, beißt von meiner *Rolex* ab und gibt mir den Rest wieder, was mich völlig verblüfft. (In der Regel behält ein Ugander das ihm Angebotene und isst dies auch noch auf.)

»Ich hatte vorhin wieder eine von diesen hitzigen Diskussionen«, sagt der Journalist mit vollem Mund, »ob alle *Munos* nun reich sind oder nicht. Mit einem Wildfremden, Hope, einem Wildfremden. Wenn ich deinen Leuten hier erzähle, dass ich freiwillig hier bin, glauben sie mir nicht. Unvorstellbar für sie.«

Ich blicke ihn verständnislos an. Er legt seine Zigaretten und ein Feuerzeug auf den Tisch.

»Stört's?«, fragt er.

»Nein«, sage ich. »Aber Zigaretten bringen dich um.«

»Das Leben bringt dich um«, antwortet er und zündet sich eine Zigarette an. »Was macht die Schule?«

»80 Kinder in einer Klasse sind definitiv zu viel«, antworte ich.

Der Journalist zieht die Augenbrauen hoch, um seine Zustimmung zu verdeutlichen. (Ein echter Ugander nickt nicht.) Gut, denke ich, hat er also doch was gelernt.

»Wie ist dein Hotel?«, frage ich ihn höflich.

»Wusstest du, dass man sich auch duschen kann«, antwortet er, »wenn man kein Wasser hat?«

Ich gucke ihn mit großen Augen an.

»Wirklich«, sagt er weiter, »das ist fast besser als kalt duschen.«

»Aha«, sage ich.

»Nein, wirklich, alles ist wunderbar. Ich habe unheimlich viel Zeit und Ruhe zum Lesen. Okay, Klopapier ist Gold wert. Aber sonst ist wirklich alles super«, sagt er.

»Ich möchte, dass du ein Buch über mich schreibst«, sprudelt es aus mir raus. (Es gibt Dinge, die sagt man und tut man besser schnell, sonst verliert man nämlich den Mut, sie auszusprechen oder zu tun.)

Der Journalist blickt mich mit großen Augen an. Er drückt seine Zigarette aus.

»Warum?«, fragt er mich nach einer Weile des Nachdenkens.

»Weil ich endlich die Wahrheit sagen will. Die Wahrheit und nichts als die Wahrheit«, antworte ich naiv.

»Deine Version der Wahrheit«, sagt er.

»Gibt's eine andere?«, frage ich.

»Immer«, sagt er.

Ich schweige.

»Die Wahrheit, Hope«, sagt der Journalist, »ist immer subjektiv. Sie ist bereits durch unsere Erfahrungen gefiltert worden, bevor wir sie aussprechen. Das ist die Wahrheit.«

»Okay«, sage ich. »Wie wär's, wenn ich dir meine ehrliche Geschichte erzähle?«

»Das wäre in der Tat ein Anfang«, sagt er. »Aber ich glaube trotzdem, dass das keine gute Idee ist.«

»Warum?«, frage ich ihn.

»Weil«, sagt er.

»Weil es niemanden interessiert?«, frage ich weiter.

»Keine Ahnung«, sagt er und zündet sich eine neue Zigarette an. »Das ist aber nicht der Punkt. Ich glaube, dass Ugander über Ugander schreiben sollten. Das ist eure Geschichte. Das ist euer Leben.«

»Wegen unserer Rasse? Weil wir schwarz sind und du weiß bist?«, frage ich.

»So ungefähr«, sagt er.

»Es gibt nur eine Rasse«, sage ich, »die menschliche Rasse.«

Der Journalist lacht.

»In einer perfekten Welt, sicher. In der wirklichen Welt sieht das aber so aus: Weißer, reicher Mann schreibt Buch über armes, schwarzes Mädchen, um sein Publikum zu Tränen zu rühren, um damit Geld zu verdienen«, sagt er.

»Empfindest du kein Mitleid?«, frage ich.

»Nein«, sagt der Journalist. »Ebenso wenig, wie ich Respekt vor Reichtum habe.«

»Du glaubst also, dass die Anteilnahme der Menschen nicht echt ist?«, frage ich.

»Wenn die Menschen morgens aufwachen, Hope, wonach verlangen sie dann?«, fragt er mich.

Ich zucke mit den Schultern.

»Nach einer Tasse Kaffee und einem anständigen Aufreger, ob er wahr ist oder nicht«, sagt er.

»Das glaube ich nicht. Ich glaube an die Wahrheit«, gebe ich nicht auf.

»Was ist das bloß mit dir und der Wahrheit?«, fragt er mich.

»Ich glaube an Gott«, sage ich.

»Schau«, sagt er, »ich bin ein Weißer, ein *Muno*, ich sollte mich aus eurem Leben raushalten.«

»Aber du schreibst doch Geschichten über Afrika«, sage ich.

»Damit sollte ich auch aufhören«, sagt er.

»Und dann?«, frage ich.

»Keine Ahnung. Ein Handwerk lernen, töpfern. Ehrlich, Hope, ich habe keine Lust mehr, dieses Verlangen nach Furcht vor dem Fremden zu bedienen. Gepaart mit Begeisterung, Verwunderung und Anziehung. Menschenschau nach dem Motto: Ach, Afrika! Aber wenn's drauf ankommt, wenn jemand wirklich mal Hilfe braucht, dann sagen alle: Bleibt bloß, wo ihr herkommt. Doppelmoral«, zischt der Journalist und presst die Lippen zusammen.

Ich gebe nicht auf.

»Was ist«, sage ich, »wenn ich die Welt durch mein Buch ein bisschen besser machen kann? Du schreibst ja nur auf, was ich dir berichte.«

»Wenn du etwas tatsächlich willst, dann mach es für dich, nicht für andere. Sonst wirst du nur enttäuscht werden. Wenn du aber vorhast, Menschen zu belehren, dann kauf dir lieber gleich eine Waffe, nur so kannst du sie wirklich überzeugen«, sagt er.

Mir schießen die Tränen in die Augen. Ich zittere am ganzen Körper.

»Die hatte ich bereits«, sage ich abrupt und stehe auf.

Der Journalist senkt seinen Kopf und atmet tief aus.

»Ich weiß, entschuldige«, sagt er zerknirscht. »Bitte setz dich.«

Ich nehme wieder Platz. Der Journalist beugt sich zu mir über den Tisch.

»Hope«, sagt er, »es gibt Dinge, wenn wir die zu schnell begehren, dann ...«

»Du bist ein«, unterbreche ich ihn flugs und wische mir die Tränen von den Wangen.

»Zyniker. Ich weiß«, beendet er meinen Satz.

»Was ist ein Zyniker?«, frage ich ihn. »Das Wort gibt es bei uns nicht.«

Er überlegt.

»Ein Zyniker, Hope, ist ein gebrochener Romantiker. Gibt es Romantiker bei euch?«, fragt er.

Ich denke kurz nach.

»Meine Mutter ist oft traurig, weil mein Bruder noch immer verschwunden ist. James, weißt du? Wenn sie weint, und das tut sie jeden Tag, dann nimmt mein Vater sie in den Arm und flüstert ihr zu, dass eines Tages alles wieder gut sein wird. Ist das romantisch?«, antworte ich.

»Ja«, sagt er, »das ist ziemlich romantisch.«

Der Kellner räumt unsere leeren Teller ab. Wir sind die letzten Gäste im Restaurant.

»Möchtest du noch was?«, fragt mich der Journalist.

»Nein«, antworte ich.

»Soll ich dich zurück ins Lager fahren?«, fragt er.

Ich nicke. Der Journalist zahlt.

»Also, was bin ich?«, spricht er mich auf meine Frage von vorhin an.

»Du bist ein guter Mann«, sage ich und blicke ihm fest in die Augen.

»Das glaubst du nur, Hope, weil ich diesen Hundeblick habe«, sagt er und steht auf.

* * *

Eine halbe Stunde später sind wir vor meiner Hütte. Der Journalist begrüßt meine Eltern. Meine Mutter macht ihm eine Tasse Tee. Mein Vater freut sich, ihn zu sehen. Endlich kann er über Politik reden. (Meine Mutter und ich verstehen nicht viel davon.)

»Komplexe Bürgerkriege in Afrika werden als die neue Form der Barbarei betrachtet, meinst du nicht?«, fragt mein Vater den Journalisten.

»Du hast recht«, antwortet er.

»Chaos ersetzt unsere Kultur, unsere Gesellschaft. Anarchie nimmt den Platz von politischer Verantwortung ein«, fährt mein Vater fort.

Der Journalist nickt und trinkt seinen Tee.

»Wenn sich diese Komplexität verdichtet und ethnische Klischees nicht mehr vorhanden sind, verliert die Weltpresse das Interesse. Ist das richtig?«, fragt mein Vater.

»Absolut«, sagt der Journalist.

Mein Vater zeigt ihm seine Narben auf den Schenkeln. Sie sehen aus wie kleine Schnecken.

»Woher hast du die?«, fragt der Journalist.

»Es gibt noch ungefähr eine Million Acholi. Einst waren wir die mächtigste Volksgruppe in Uganda. Wir waren Jäger, die das Wild mit Netzen fingen, mit Speeren erlegten. Wir stellten das Militär. Wir beschützten unser Land. Weil wir keine Furcht kannten. Bis wir brutal niedergeschlagen wurden. Heute drückt man uns zu Boden. Doch eines Tages werden wir uns erheben. Wie der Phönix aus der Asche. Du wirst sehen. Wir sind keine Hirten. Wir sind keine Bauern. Verstehst du? Ich trage meine Narben wie Orden. Ich war einmal ein Jäger. Und ein Soldat. Wer bei uns heute in die Politik geht, der will reich werden. Mir geht's um unsere Freiheit, um Demokratie«, sagt mein Vater.

»Momentan ist sie nicht mehr als eine andere Form von Machttechnik«, sagt unser Gast.

Mein Vater nickt.

»Weißt du, was *Kololo* bedeutet?«, fragt mein Vater den Journalisten.

Der Journalist schüttelt seinen Kopf.

»*Kololo* ist mehr als nur ein Wort, es ist ein Acholi-Begriff. Er steht für Einsamkeit, für die persönliche Trennung von der Gemeinschaft, es bedeutet die Abgrenzung von jeglichem sozialen Leben für den einzelnen Menschen«, sagt mein Vater.

»Nicht unbedingt lebenswert«, sagt der Journalist.

»So lebt meine Tochter«, antwortet mein Vater.

»Die Hilfswerke sind hier, um zu helfen. Sie wollen die Zivilgesellschaft aufbauen. Das ist doch Fortschritt«, sagt der Journalist.

Mein Vater lächelt.

»Die Hilfswerke sind hier, weil sie sich schuldig fühlen. Weil es eure Länder sind, die uns die Waffen verkaufen, mit denen wir uns umbringen. Die Hilfswerke glauben, wenn sie uns eine Schule bauen oder eine Werkstatt, dann wird alles wieder gut. Dass sie aber nichts anderes tun, als auf ein gebrochenes Bein ein Pflaster zu kleben, das sehen sie nicht. Es gibt keine einfachen Lösungen, mein Freund. Hope ist noch immer im Krieg. Wir sind noch immer im Krieg«, sagt mein Vater.

Der Journalist nickt und guckt mich an.

»Ich erzähl dir eine Geschichte«, sagt mein Vater.

Meine Mutter guckt ihn kopfschüttelnd an.

»Nun lass doch unseren Gast in Ruhe seinen Tee trinken«, sagt sie.

Der Journalist lacht.

»Nein, nein, nein. Ich mag eine gute Geschichte«, sagt er.

»Das habe ich mir gedacht«, sagt mein Vater. »Also hör zu und stell dir vor, du empfängst einen Gast in deinem Haus. Ihr sprecht, und er erwähnt, ganz nebenbei, dass er gerne guten Whiskey trinkt. Magst du Whiskey?«

»Wer mag keinen Whiskey?«, fragt der Journalist zurück.

»Wie der Zufall es will«, fährt mein Vater fort, »hast du gerade eine erstklassige, eine kostbare Flasche geschenkt bekommen. Du, meiner Geschichte halber, machst dir aber nichts aus Whiskey. Er steht ungeöffnet auf dem Schrank. Du aber bist ein guter Gastgeber und bietest ihn deinem Besuch an. Als Geschenk.«

Der Journalist nickt. Mein Vater erzählt weiter:

»Nun, dein Gast kann das Geschenk ablehnen oder annehmen. Er hat die Wahl. Sollte er es annehmen, dann zum Beispiel mit den Worten: ›Danke, aber nur, wenn wir die Flasche gemeinsam öffnen.‹ Also öffnest du sie, selbstverständlich, und gießt euch einen Drink ein, den ihr dann miteinander genießt, und am Ende des Abends verlässt der Gast dein Haus. Erneut bietest du ihm die angebrochene Flasche an. Wiederum kann er sie annehmen oder höflich ablehnen. Keine gesellschaftlichen Regeln werden verletzt. Ihr könnt euch weiter in die Augen blicken.«

Mein Vater macht eine kurze Pause. Der Journalist guckt ihn erwartungsvoll an.

»Nun stell dir folgendes Szenario vor«, kann mein Vater es kaum erwarten, die Geschichte fortzusetzen, »du empfängst deinen Gast, und er bemerkt die wertvolle Flasche Whiskey auf deinem Schrank. Du öffnest sie. Ihr trinkt. Nach dem

Essen erwähnst du, dass du an und für sich keinen Whiskey magst, dein Gast möge doch die angebrochene Flasche mit nach Hause nehmen. Plötzlich befindet sich dein Gast in einer Zwickmühle, verstehst du, weil du gegen die guten Sitten verstößt. Lehnt er die Flasche ab, würde er dich beleidigen. Akzeptiert er sie, ist das für ihn wie eine persönliche Kränkung, die nie wiedergutzumachen ist. Weil du ihm kein Geschenk überreichst, sondern ihn mit den Überresten von deinem Tisch abspeist.«

Mein Vater lächelt.

Der Journalist zieht die Augenbrauen hoch.

Ich beobachte ihn.

»Was mich immer wieder erstaunt, ist«, sagt er, »mit wie viel Ruhe und Gelassenheit die Menschen hier ihr Schicksal akzeptieren. Bei uns hätte es schon längst einen Aufstand gegeben.«

»Das glaubst du nicht wirklich, oder? Letztendlich sind alle Kulturen eine Kultur«, sagt mein Vater.

Der Journalist lacht.

»Denkbar«, sagt er und überlegt. »Im Grunde hast du recht, Joseph. Nach dem Krieg war Deutschland ein finsteres Land. Die Vergangenheit wurde unter den Teppich gekehrt. Alle wollten Wohlstand. Niemand war an der Wahrheit interessiert. Das hat Jahrzehnte gedauert, bis sich was verändert hat.«

»Nach welchem Krieg? Ihr hattet so viele davon und führt noch immer welche«, sagt mein Vater.

Der Journalist blickt zu Boden. Ich grinse ihn an. Der Journalist merkt es und schmunzelt zurück.

»Hope mag die Wahrheit. Sehr«, sagt er zu meinem Vater.

»Die Wahrheit ist immer das erste Opfer. Das weiß doch jedes Kind«, antwortet mein Vater.

Der Journalist zieht wiederum die Augenbrauen hoch und trinkt seinen Tee.

»Hope möchte, dass ich ein Buch über sie schreibe«, sagt er nach einer Weile.

Meine Mutter lächelt. Mir ist die Situation plötzlich furchtbar peinlich. Mein Vater nickt.

»Bist du sicher, dass du diese Tür öffnen willst?«, fragt er mich. »Vielleicht sollte das, was im Busch passiert ist, auch im Busch bleiben.«

Ich will diese Tür öffnen, denke ich, nein, ich muss durch diese Tür gehen.

»Ja«, antworte ich meinem Vater sicher.

Mein Vater blickt den Journalisten an. Der Journalist blickt mich an. Meine Mutter blickt meinen Vater an. Ich blicke alle der Reihe nach an. Wir schweigen. Dann trifft der Journalist eine Entscheidung.

»Okay. Warum nicht«, sagt er. »Ich meine, wir können es ja versuchen. Mal gucken, was passiert. Wenn aus unseren Gesprächen ein Buch wird, dann ist das gut. Wenn nicht, dann soll es wohl nicht sein.«

Ich blicke den Journalisten an.

»Ein Buch über meine Tochter. Das ist etwas Besonderes«, sagt mein Vater.

»Ich habe allerdings eine Bedingung, Hope«, sagt der Journalist.

»Ja?«, frage ich überrascht.

»Do ut des«, sagt er.

Ich gucke ihn erstaunt an.

»Das ist lateinisch und bedeutet, ich gebe, damit du gibst«, erklärt der Journalist und fügt hinzu: »Wenn jemand einem anderen Menschen etwas gibt, was auch immer das ist, dann sollte er dafür eine gebührende Gegenleistung erhalten, sonst wird das Gegebene nicht geschätzt. Alles andere wäre wohltätig, verstehst du? Daran glaube ich nicht.«

Ich nicke.

»Ich gebe dir meine Zeit, was gibst du mir dafür?«, fragt er.
»Ich werde schon etwas Passendes finden«, sage ich optimistisch.
»Da bin ich mir sicher«, sagt der Journalist.

* * *

Nicht einmal ein Jahr später bin ich auf der Frankfurter Buchmesse, um meine Biografie vorzustellen. Ich bin sehr nervös. Besonders die letzten Tage vor meiner Abreise.

Oft weint Maria, was immer wie ein Rätsel ist. (Glaubt sie etwa, dass ich sie allein zurücklasse und nicht wieder nach Hause komme?) Was sie von mir will, will sie so eifrig, so gierig. Besonders meine Aufmerksamkeit.

»Mami, guck mal.«

»Mami, komm mal.«

»Mami, mach mal.«

Mir kommt es vor, als ob ich mich in alle Richtungen verliere. Immerzu will Maria etwas von mir wissen, und ich frage mich, wie andere Mütter das meistern. Besonders die, die mehrere Kinder haben und keinen Mann. Wie hat sich eine Mutter zu benehmen? Welchen Regeln hat sie zu folgen? Welche Regeln soll ich Maria mit auf den Weg geben? Um ehrlich zu sein, ich bin total überfordert. (Meine Eltern sind mir eine große Hilfe.)

»Sei einfach du selbst, Hope«, sagt meine Mutter. »Es gibt keine Anleitung dafür, eine gute Mutter zu sein. Folge deinem Herzen. Nimm dir Zeit. Sei geduldig. Mit dir und mit Maria.«

»Stell sicher, dass Maria eines Tages eine gute Ausbildung erhält«, sagt mein Vater, unseren Tatsachen ins Auge sehend. »Bildung ist das Einzige, was sie auf eine Flucht mitnehmen kann. Unser einzig treues Gut ist unsere Kultur.«

Das hört sich in meinen Ohren selbstverständlich leichter

an, als es ist. Ich lebe in einem Flüchtlingslager am Rande von Gulu; einer Stadt, die die Welt nicht kennt, in den Ruinen eines Landes, das durch einen 20-jährigen Bürgerkrieg umhergegeistert ist.

Ich besitze nichts als das, was man uns geschenkt hat. Ich habe keine beachtenswerten Talente. Über meiner Vergangenheit liegt ein Schatten. In meinem Herzen spüre ich einen dicken Knoten. Manchmal fühlt es sich so an, als ob ein Elefant auf meiner Brust säße.

Die Gespräche mit dem Journalisten haben mich manchmal nächtelang nicht schlafen lassen. Sie haben mich innerlich aufgewühlt, obwohl sie für mich unentbehrlich geworden sind.

Irgendwann lerne ich aus einem Buch, dass *die menschliche Psyche die Aufgabe hat, uns vor seelischer Überforderung in und nach Extrembelastungen zu schützen. Verschiedene Schutzmechanismen führen dazu, dass wir nicht nur die Situationen selber psychisch überleben, sondern dass wir auch danach weiterfunktionieren können. In vielen traumatisierenden Situationen muss unser Gehirn in sehr kurzer Zeit sehr viele unterschiedliche und stark angstbesetzte Eindrücke aufnehmen.*

Zuerst ist es mir schwergefallen, über die Vergangenheit zu sprechen. Dann habe ich angefangen, die Treffen mit dem Journalisten regelrecht zu brauchen. (Beginnt wirklich jedes Ende mit etwas Neuem?)

»Wir sind bis jetzt ganz gut miteinander ausgekommen«, hat er nach jeder Sitzung gesagt.

»Meinst du, dass mein Herz für immer bitter sein wird?«, habe ich dann entgegnet.

»Es wäre schön«, hat er geantwortet, »wenn du mir das eines Tages selbst erzählen würdest.«

Da unsere Verarbeitungskapazität begrenzt ist, kann vieles dabei nur aufgenommen, aber nicht verarbeitet, d.h. bewertet, sortiert und in die sonstigen Erfahrungsbereiche integriert werden. Zusätzlich ist die

Bedeutung dieser Eindrücke, Bilder und Handlungen für uns viel zu schlimm, als dass wir sie im Moment des Geschehens begreifen dürften, heißt es in dem Buch weiter.

Vor meiner Abreise nach Deutschland habe ich von alldem noch keine blasse Ahnung. Das Wohl meiner Tochter liegt mir am Herzen. Ich will eine gute Mutter und Tochter sein. Um meine Eltern zu entlasten, koche ich für sie. Wegen der schlechten Zähne meiner Mutter gibt es meist *Porridge* mit Milch. *Porridge* ist ein kremiger Getreidebrei, der aus Hafermehl und Wasser zubereitet wird. Wenn wir es uns leisten können, fügen wir noch Zucker hinzu. Das kommt aber eher nicht vor. Genauso wenig, wie ich Maria mal mit einer Leckerei überraschen kann. Ab und zu ein Stück Rohrzucker, aus dem sie den Zuckersaft aus den Fasern saugt, oder eine kleine Portion Pommes, die aussehen wie von Hand geschnitzt. Kleine Kunstwerke, die ihr das Wasser im Munde zusammenlaufen lassen.

»Wo ist Papa?«, fragt mich Maria, als sie mir wenige Tage vor meiner Abreise hilft, die Hütte auszufegen.

Wen sie meint, ist mein Vater. Maria glaubt nämlich, dass Okello Joseph ihr Vater ist, dass also mein Vater auch ihr Vater ist. Und ich bringe es nicht fertig, meiner mittlerweile fast siebenjährigen Tochter zu beichten, was damals im Busch mit mir passiert ist. Es bricht mir das Herz.

»Er kommt bald«, sage ich knapp. »Komm, wir spielen ein Spiel.«

»Was für ein Spiel, Mami?«, antwortet meine Tochter.

»Wir stellen uns vor, unsere Hütte ist eine Höhle, und wir suchen ein Juwel, ja?«, erkläre ich Maria das Spiel. »Wer den Edelstein zuerst gefunden hat, ist Königin.«

»Ja«, jauchzt meine Tochter und beginnt, nach dem imaginären Schatz zu suchen.

Ich tue so, als ob ich ebenfalls nach der Kostbarkeit suche, bin aber in Gedanken schon wieder in der Vergangenheit, bilde mir ein, dass wir alle in Höhlen leben, Höhlen, die sich im Dunkeln verbinden, aus denen wir nie das Tageslicht sehen, in denen wir jede Menschlichkeit verlieren und zu blinden Kreaturen werden.

»Ich hab den Schatz, Mami«, ruft meine Tochter aus.

Sie zeigt mir eine grüne Glasscherbe, die einem rohen Smaragd ähnelt.

»Ich stehe zu Diensten, Majestät«, sage ich voller Ehrfurcht und Demut.

Ich neige mein Haupt und spüre, wie meine Tochter meinen Kopf küsst. Ich sehe, wie meine Tränen auf den staubigen Boden tropfen. Ich muss ihr eines Tages die Wahrheit sagen. Ich habe keine Wahl.

* * *

»Du hast immer eine Wahl«, sagt Grace.

Wir sitzen im Bus nach Kampala. Ich muss dort meinen Reisepass abholen. Die deutsche Botschaft hilft mir mit dem Einreisevisum nach Deutschland. Der Journalist hat alles organisiert. Er wartet in Frankfurt auf mich.

»Du auch«, antworte ich Grace.

»Ich bin aber nicht so berühmt wie du. Dein Leben steht in einem Buch«, sagt sie, ein wenig neidisch, habe ich den Eindruck.

Da die Straße, die uns eigentlich nach Kampala führen soll, überschwemmt und für den Bus nicht befahrbar ist, bleibt dem Fahrer nichts anderes übrig, als einen Umweg durch den Murchison-Falls-Nationalpark zu machen. Ich kann es kaum glauben, dass ich mit einem Mal in einer derart himmlischen Landschaft bin. Nicht einmal zwei Autostunden von Gulu entfernt. Eine völlig neue Welt. Ohne Krieg. Ohne Schmerz. Kein Traum. Keine Einbildung. Sondern Wirklichkeit. Rein.

Ich blicke aus dem Fenster und staune. So weit das Auge reicht: Savanne. Unendliche Weite. Von Horizont zu Horizont. Ich sehe Löwen und Büffel, Elefanten und Giraffen.

Mir wird ganz warm ums Herz, und es kommt mir plötzlich vor, als ob ich eine Erscheinung hätte und zum ersten Mal denke ich, dass wir gesegnet sind. Nicht von Gott. Nein. Nicht nur von Gott. Die Erde ist gut zu uns. Die Natur. Sie erwartet nichts. Außer unsere Hände. Unseren Schweiß. Ehrliche Arbeit. Jeden Tag.

»Kennst du das Gefühl?«, frage ich Grace, nachdem ich ihr von meinen Gedanken berichtet habe.

Der Bus hat am Murchison-Wasserfall angehalten, und wir machen eine Pause. Hier stürzt der Viktoria-Nil in die Tiefe. Der Lärm des tosenden Wassers ist enorm. Die Luft ist voller Gischt.

»Was sagst du?«, schreit Grace und zeigt auf Krokodile, die sich um eine Antilope fetzen, die wohl ins Wasser gefallen ist. Bei dem Anblick empfinde ich nichts. Weder Mitleid noch Freude. Der Tod gehört für mich zum Leben dazu. Auch hier. In diesem atemberaubenden Paradies.

»Schön hier«, antworte ich Grace und beobachte, wie die Antilope unter der Wasseroberfläche verschwindet.

Erst am späten Abend kommen wir in Kampala an. Genauer gesagt, in Makerere Kivulu, einem Slum, in dem eine Tante von Grace wohnt, bei der wir übernachten dürfen. In dem Stadtteil leben Hunderttausende von Menschen, die meisten davon sind Kinder, die ihre Eltern durch Aids und andere Krankheiten verloren haben, Kinder, die verlassen worden sind, weil keiner sie haben will. Die Hütten sind aus Blech und Pappe. Es gibt keine Elektrizität, kein fließend Wasser, keine Müllabfuhr und keine echten Toiletten. Die Menschen erledigen ihre Notdurft, wo auch immer sie einen dafür geeigneten Ort finden. Den nennen sie dann »fliegende Toilette«. Der Gestank lässt mich fast ohnmächtig werden. Da wir uns in der Regenzeit befinden, sind die Straßen überflutet, überall treiben Kot, dreckiges Papier und leere Plastikflaschen, inmitten dieses Sumpfes spielen die Kinder. Mir geht durch den Kopf, dass mein Flüchtlingslager schon unerträglich gewesen ist, aber hier ist alles noch bedeutend schlechter.

»Kommt erst mal rein«, sagt Graces Tante.

Ihr Name ist Alice. Alice ist ungefähr 25 und HIV-positiv, wie mir Grace bereits im Bus erzählt hat. Vor einigen Jahren muss sie umwerfend ausgesehen haben. Die Männer müssen in ihren Armen dahingeflossen sein. Alice hat sechs Kinder von vier verschiedenen Männern, die sie aber alle verlassen haben.

»Ich bin immer an die falschen Männer geraten«, sagt sie. »Rabiat, aggressiv, betrunken. Es gibt Frauen, die immer unbewusst ins Fettnäpfchen treten. So wie ich.«

Zu siebt wohnen Alice und ihr Nachwuchs in einer dieser Blechhütten, die einem Geräteschuppen ähneln. Sie teilen sich eine löchrige Matratze auf dem Boden. Durchs Dach tropft das Wasser. Zum Glück muss ich nur zwei Nächte hierbleiben. Grace plant, bei Alice miteinzuziehen.

»Darf ich?«, fragt Grace Alice, und ohne auf eine Antwort zu warten, setzt sie sich eine von Alices Perücken auf. Das Kunsthaar der Perücke ist blond und lang. Graces Kopf scheint unter der Perücke gänzlich zu verschwinden wie unter einem Helm.

»Alice braucht die für ihre Arbeit«, sagt Grace mit einem Grinsen, legt ihren Kopf in den Nacken und schüttelt ihn.

Sie kommt mir zufrieden vor.

»Wo arbeitet Alice?«, frage ich Grace.

Grace blickt mich an und feixt.

»Sie hat einige Klienten, die sie unterstützen«, sagt sie und legt einen von Alices Lippenstiften auf. Er ist knallrot.

»Was meinst du zu der Farbe?«, fragt mich Grace.

Ich erkenne meine Freundin nicht wieder.

»Schön«, sage ich schüchtern.

»Schön«, antwortet Grace, »das ist alles?«

»Ich muss mich erst an deinen neuen Look gewöhnen«, sage ich.

»Genau«, antwortet Grace, »die Wiedergeburt der Grace aus Norduganda.«

Ich blicke Grace lange an, so, wie sie vorm Spiegel steht und nun die anderen Perücken anprobiert, dazu die passenden Miniröcke und enge Kleider, die knapp über dem Gesäß aufhören.

»Ganz schön gewagt«, kommentiere ich.

»Alles hat seinen Preis. Und ich bin mein Kapital«, sagt Grace.

Ich lächle verkrampft.

* * *

Am nächsten Tag laufen wir über den Kiseka-Markt und kaufen ein.

»Meine Chance kommt bald«, sagt Grace plötzlich, »du wirst schon sehen.«

Grace trägt eine Afro-Perücke. Ihre Füße stecken in hochhackigen, grünen Schuhen, mit denen sie regelmäßig umknickt. Ihren Körper hat sie in ein hautenges, quietschgelbes Kleid gequetscht.

»Wie hat sich deine Tante angesteckt?«, frage ich sie.

»Einer ihrer Klienten hat sie angesteckt. Erst sich und dann sie«, antwortet Grace fast einstudiert. »Ich werde auf mich aufpassen.«

Sie zeigt mir eine Packung Kondome.

»Was ist das?«, frage ich sie.

»Komm«, antwortet Grace, »jetzt sag mir nicht, du kennst keine Gummis?«

Ich schüttle den Kopf.

»Herrje«, sagt Grace und stopft die Packung wieder in ihre Hosentasche. »Mein Gott, bist du prüde.«

»Was ist das, prüde?«, frage ich sie und bleibe stehen.

»Guck in den Spiegel«, antwortet Grace und marschiert voran.

Grace kauft sich eine gegrillte Banane, eine *Gonja*, und beißt genüsslich rein.

Ich blicke in einen Spiegel an einem Stand für Sonnenbrillen und betrachte mein Gesicht. Grace stellt sich neben mich, blickt ebenfalls in den Spiegel und schiebt ihre Perücke zurecht.

»Du bist so ein Baby«, sagt sie zu mir mit vollem Mund.

Ich schweige und blicke mich um. Noch nie in meinem Leben war ich auf einem so großen Markt. Ich sehe ausgediente Fernseher und Radios, Flip-Flops in allen erdenklichen Farben, in Frisörsalons lassen sich Frauen ihre Haare toupieren, überall liegen große Haufen alter Hosen, Hemden und Kleider, Obsthändler verkaufen Mangos und Ananas, es riecht stark nach geräuchertem Fisch und mir unbekannten Gewürzen, frisch geschlachtete Ziegen hängen an Stahlhaken und bluten aus, eine alte, blinde Frau in einem bunten, hübsch verzierten Kleid und mit einem verwitterten Gesicht singt, während sie Perlen auf eine Schnur zieht. Musik dröhnt aus Lautsprechern. Alles um mich herum bewegt sich. Alles um mich herum lebt. Die Sonne brennt. Ich spüre ihre Strahlen auf meiner Haut. Plötzlich fühle ich mich ausgelassen und überglücklich, aber auch kleingeistig und, was hat Grace noch gesagt, prüde, ja, prüde, weil ich ein Mädchen vom Land bin, nicht für die Stadt gemacht, nicht wie Grace, die sich in diesem Chaos wie zu Hause fühlt, sie verschmilzt mit unserer neuen Umgebung, sie ergeht sich in dieser Welt, als ob sie hierher gehört, kein Fremdkörper ist, so wie ich, die sich noch nie wohl in ihrer Haut gefühlt hat, immer zweifelt, an sich und ihrem Leben, die Vergangenheit nicht loslassen und deshalb die Zukunft nicht umarmen kann.

»Los, Hope, lass uns weiter«, sagt Grace. »Du hast viel zu tun.«

Mit einem *boda-boda* fahren wir ins Serena-Hotel, wo ich den Vertreter der deutschen Botschaft treffen soll. Er hat dort einen Termin und will mir meine Reisedokumente überreichen. Am Eingang begrüßt uns ein feingekleideter Pförtner mit weißen Handschuhen. Er ist sehr höflich und fragt uns, was unser Anliegen sei.

»Ich bin mit dem deutschen Botschafter verabredet«, sage ich.

»Warum nicht«, antwortet der Mann mit einem Lächeln, das vermutlich Grace und ihrer Maskerade gilt, und lässt uns eintreten.

Durch eine Drehtür schweben wir förmlich ins Foyer. Es ist angenehm klimatisiert und duftet herrlich nach Rosen. Erstarrt blicken wir uns um. Alles ist so wunderschön und edel. Die Plüschsofas, die mir größer als meine Hütte erscheinen, der Springbrunnen, in dem bunte Fische schwimmen, der Fußboden aus Marmor. Sanfte Klaviermusik komplimentiert die Atmosphäre.

»Willkommen zu Hause«, triumphiert Grace und starrt die *Munos* an, die hier offensichtlich wohnen und leibhaftig zu Hause sind.

Bevor ich reagieren kann, kommt ein junger Mann in einem grauen Anzug auf uns zu.

»Hope?«, fragt er.

»Für einen Botschafter sind Sie aber ziemlich jung«, sagt Grace vorlaut.

Vor lauter Scham möchte ich mich am liebsten in Luft auflösen. Mit meinem Ellbogen stoße ich Grace in die Seite.

»Der Botschafter bin ich leider nicht, junge Dame«, antwortet der Mann und lächelt.

»Ich bin Hope«, antworte ich verlegen.

»Das habe ich mir gedacht. Du siehst genauso aus wie auf

dem Foto«, sagt er und reicht mir zunächst seine Hand, anschließend einen Umschlag und seine Visitenkarte.

»Das Einreisevisum ist im Pass. Wie bestellt«, sagt der Mann.

»Vielen Dank«, antworte ich.

»Kein Problem. Jederzeit. Ich wünsche dir eine gute Reise. Und viel Spaß«, lächelt er mich an und entschuldigt sich, weil er sogleich weiter zu seinem Termin müsse.

»Was muss ich tun, um auch so was zu bekommen?«, plappert Grace los.

Grace lächelt süffisant. Dazu stemmt sie ihre Fäuste in die Hüften, presst ihren Brustkorb nach vorne und atmet mit einem Pfeifton schließlich tief und lange aus. Der Mann lächelt diplomatisch, dreht sich um und geht. Er ist sehr formgewandt.

»Ich liebe dich«, ruft sie dem Mann noch hinterher. »Hey, *Muno*, ich liebe dich.«

»Was soll das denn?«, zische ich.

»Sei nicht immer so eine Heilige«, sagt Grace. »Wir haben doch nichts zu verlieren.«

Sie greift sich eine Handvoll Bonbons aus einer Glasschale. Dann verlassen wir das Hotel und fahren zurück nach Makerere Kivulu.

»So soll es sein«, sagt Grace, als wir auf dem *boda-boda* sitzen und von einer abermals neuen Welt in unsere alte kutschiert werden.

»Was soll so sein?«, frage ich sie.

»Das Leben. Wie im Serena. Hast du all die reichen *Munos* gesehen?«, antwortet Grace.

Sie wickelt ein Bonbon aus, steckt es sich in den Mund und wirft das Papier in den Wind. Es beginnt zu regnen. Als wir bei Alice ankommen, sind wir klitschnass.

»Tut mir leid«, sagt Grace vorm Schlafengehen zu mir.

»Was tut dir leid?«, frage ich.

»Ich wollte dich nicht blamieren«, sagt sie.

Ich höre, wie der Regen in die Plastikschüsseln auf dem Boden tropft. (Ich habe das Gefühl, dass Menschen immer nur reden, aber nie sagen, was sie wirklich meinen.)

»Ist schon gut«, antworte ich.

»Ich freue mich für dich«, flüstert mir Grace einen Moment später zu.

»Ich habe wohl doch ein bisschen Angst vor der Reise«, flüstere ich zurück.

»Wenn wir uns vor etwas fürchten«, antwortet Grace, »dann wollen wir dieses Etwas ganz, ganz stark. Hinter jeder Furcht versteckt sich ein Wunsch.«

»Das hoffe ich«, sage ich leise.

»Wir alle hoffen. Das hält uns am Leben«, flüstert Grace und schläft ein.

Am nächsten Morgen schenkt mir Alice noch einige Sachen, damit ich in Deutschland auch etwas »Ordentliches« zum Anziehen habe, wie sie sagt. In einer *Matata* begleitet mich Grace zum Flughafen in Entebbe. Sie sieht atemberaubend aus. Wie das eigentliche Gesicht Afrikas.

»In vier Wochen bin ich wieder da. Dann nehme ich dich mit nach Hause«, sage ich ihr zum Abschied.

»In vier Wochen lade ich dich ins Serena-Hotel zum Abendessen ein«, antwortet Grace überzeugt und nimmt mich in ihre Arme.

Ich glaube ihr nicht und soll leider recht behalten. Ich sehe Grace nie wieder, was ich bei meiner Abreise natürlich nicht ahnen kann, sonst wäre ich mit Sicherheit nicht geflogen.

* * *

Gut acht Stunden später komme ich in Frankfurt an und werde dort von einem kleinen Mädchen mit den folgenden Worten begrüßt: »Bist du Momo?«

Meine Haare sind zerzaust, meine Füße stecken in abgetragenen Schuhen, mein Kleid ist geflickt, meine Jacke, die ich von Alice habe und die wohl einst einem ihrer Männer gehört hat, ist mir viel, viel zu groß, weshalb die Ärmel an den Handgelenken umgekrempelt sind.

»Nein. Mein Name ist Hope«, antworte ich.

Das Mädchen ist die Tochter des Journalisten, der mich vom Flughafen abholt. Wir begrüßen uns.

»Du siehst aber aus wie Momo«, gibt das Mädchen nicht auf.

Der Journalist lächelt.

»Wer ist Momo?«, frage ich.

»Momo ist die Heldin eines Romans, den wir gerade lesen«, antwortet er.

Wir holen mein Gepäck ab. Es ist nur ein alter Koffer, der ebenso antik aussieht wie meine Garderobe.

»Verstehe. Und Momo kommt aus Afrika?«, frage ich weiter.

»Nö«, antwortet das Mädchen. »Aber Momo ist auch schwarz.«

»Tatsächlich?«, sagt der Journalist zu seiner Tochter.

»Ja«, sagt sie. »In meinem Kopf ist sie schwarz.«

»Ach«, antwortet er.

Auf der Fahrt in die Wohnung des Journalisten erklärt mir seine Tochter haargenau, wie Momo den Menschen die geraubte Zeit zurückgibt und die Welt wieder bunter wird.

»Das ist eine schöne Geschichte. Ist sie wahr?«, frage ich.

»Ist das eine wahre Geschichte, Papi?«, fragt das Mädchen den Journalisten.

Er blickt seine Tochter im Rückspiegel an. Sie und ich sitzen hinten. (Weil's sicherer ist, hat der Journalist mir vorher gesagt.)

»Im Kern ist sie das. Momo hat nichts und muss trotzdem irgendwie überleben«, beginnt der Journalist uns Momos Geschichte aus seiner Sichtweise zu erzählen, wird aber flugs von seiner Tochter unterbrochen.

»Weiß ich doch. Hast du auch eine Schildkröte?«, fragt mich das Mädchen. »So wie Momo.«

»Nein, aber ich habe eine Tochter, die ist so alt wie du. Maria«, antworte ich.

»Ich bin sechs Jahre und zehn Monate«, sagt das Mädchen und zeigt mir dabei sechs ihrer Finger.

»Rechts überholen! Hast deinen Führerschein wohl im Lotto gewonnen. Trottel«, beginnt der Journalist aus heiterem Himmel zu schimpfen.

»Papi«, mahnt seine Tochter.

»Ist doch wahr«, brummt der Journalist.

(In Deutschland beschimpfen sich alle Autofahrer, lerne ich schnell, obwohl sie sich nicht einmal hören können.)

»Wie war der Flug?«, begrüßt mich die Frau des Journalisten, als wir schließlich bei ihm zu Hause ankommen.

»Gut«, antworte ich. »Du hast zugenommen.«

Die Frau des Journalisten blickt mich konsterniert an. (Wie kann sie auch wissen, dass dieser Satz bei uns ein Kompliment ist und eigentlich gar nichts mit der Figur eines Menschen zu tun hat.)

»Du bist bestimmt müde«, vermutet sie.

»Ist schon in Ordnung«, sage ich.

»Fühl dich wie zu Hause«, sagt die Frau des Journalisten und lächelt mich gefällig an.

Das Mädchen nimmt meine Hand. Es zieht mich in sein Zimmer, wo es mir seine Spielsachen zeigt. Das Zimmer ist größer als unsere Hütte. Ich lerne die unzähligen Puppen des Mädchens kennen, seine Stofftiere und erfahre, dass es gerne noch mehr hätte.

»Du kannst hier schlafen«, sagt das Mädchen. »Ich schlafe zwischen Mami und Papi.«

Ich lächle und staune, bis die Frau des Journalisten das Zimmer betritt. Meinen Koffer hat sie in der Hand.

»Bestimmt möchtest du deine Sachen auspacken«, sagt sie zu mir. »Ich hab dir im Schrank Platz gemacht.«

Ich nicke freundlich und öffne den Koffer.

»Puh«, sagt das Mädchen.

»Hallo, Fräulein«, wird das Mädchen von seiner Mutter ermahnt.

Aber es stimmt. Ein strenger Geruch füllt plötzlich den Raum. Es ist mir peinlich. Ich nehme ein staubiges Damenkostüm aus dem Koffer, eines von Alices Geschenken.

»Es gibt für alles eine Lösung«, sagt die Frau des Journalisten.

Der Mann hinterm Tresen der chemischen Reinigung blickt meine Kleidungsstücke ungläubig an und atmet tief durch.

»Das zerbricht mir doch in der Maschine«, sagt er und gibt uns meine Sachen zurück.

»Wie, zerbricht?«, fragt die Frau des Journalisten misstrauisch.

»Meine gute Frau. Gucken Sie sich doch mal die Fasern an. Dafür kann ich keine Garantie übernehmen«, sagt er.

»Also, was schlagen Sie vor, mein guter Mann?«, sagt die Frau des Journalisten, während sie ihre Handflächen auf den Tresen legt.

»Schicken Sie's nach Afrika. Die freuen sich«, sagt der Mann von der Reinigung.

Wir verlassen das Geschäft.

»Tut mir leid«, sage ich.

»Das muss dir nicht leidtun«, sagt die Frau des Journalisten. »Das ist doch nicht deine Schuld. Komm.«

Die Frau des Journalisten nimmt mich mit in ein Kaufhaus. Dort gibt es Kleidung, so weit das Auge reicht. Ich komme aus dem Staunen nicht heraus.

»Wir werden schon das Richtige für dich finden«, sagt die Frau des Journalisten, und ich sehe auch bereits mein Traumkleid.

Es ist ein schneeweißes Kommunionkleid mit Perlen und Stickerei aus Brautsatin. Meine Augen werden immer größer. Als Kind habe ich jahrelang für so ein Kleid gespart, dafür Gemüse auf dem Markt verkauft, damit ich hübsch im Kirchenchor aussehe. Mein Traum, irgendwann ein solches Kleid zu besitzen, hat sich nie erfüllt. Die Frau des Journalisten bemerkt, wie ich mich zu diesem, ja, Gewand hingezogen fühle.

»Ich glaube, wir suchen etwas Schlichteres«, sagt sie und manövriert mich um zahlreiche Kleiderständer herum, bis wir die geeigneten Dinge für mich gefunden haben.

In einer Umkleidekabine probiere ich die verschiedenen Hosen, Kleider und Pullis an. Ich treffe meine Wahl. Ich mag schwarze und braune Sachen, die stehen mir gut.

Als ich ein Problem mit einem Reißverschluss habe, bitte ich die Frau des Journalisten um Hilfe.

»Was sind das für blaue Flecken an deinen Beinen?«, sagt sie unerwartet.

»Ich muss mich wohl gestoßen haben«, lüge ich sie an, aber nur, weil mich die Wahrheit beschämen würde.

»Okay«, antwortet die Frau des Journalisten. »Lass uns nach passenden Schuhen gucken.«

Ich spüre, dass sie mir nicht glaubt, bleibe aber bei meiner Aussage.

Um das Abendessen kümmert sich der Journalist. (Ich habe noch nie einen Mann kochen gesehen.) Er bereitet *Grüne Soße* zu, die auch so heißt und mit hartgekochten Eiern und Kartoffeln gereicht wird. (Alles schmeckt seltsam, aber ich esse meinen Teller brav auf.)

»Eine regionale Spezialität«, sagt er, während er seiner Frau ein Glas Wein einschenkt.

Sie hat die Zeitung in ihrem Arbeitszimmer gelesen und kommentiert nun die Artikel.

»George W. Bush und die Achse des Bösen, der reinste Wahnsinn«, ärgert sie sich.

»Ich mag keine Eier«, sagt ihre Tochter.

»Dann lass sie liegen. Menschenrechte haben diese Länder nicht gerade erfunden«, sagt der Journalist.

»Ich bitte dich, als ob die USA –«, beginnt die Frau des Journalisten zu antworten.

»Ich mag keine *Grüne Soße*«, wird sie von ihrer Tochter unterbrochen. »Die ist eklig.«

»Iss nur die Kartoffeln«, sagt der Journalist ruhig zu dem Mädchen.

»Das ist doch nichts anderes als rechte Propaganda«, sagt die Frau des Journalisten.

»Immer noch besser als die Agitationen von hirntoten Linken«, antwortet der Journalist.

»Was soll das denn nun heißen?«, fragt seine Frau genervt.

»Das soll heißen, dass sich Sozialismus und Freiheit ausschließen«, antwortet der Journalist, während er die Kartoffeln seiner Tochter kleinschneidet und meine Gedanken nach Hause schweifen.

Es ist 20 Uhr. Was meine Mutter heute wohl gemacht hat? Vermutlich das Gleiche wie immer. Um vier Uhr morgens ist sie aufgestanden, hat Brennholz gesucht, das Waschwasser erwärmt und das Frühstück für Maria und meinen Vater zubereitet. Anschließend hat sie den Platz vor der Hütte gefegt und ist gegen acht Uhr aufs Feld zur Arbeit gegangen. Früher hat sie mich dabei auf dem Rücken getragen, später Maria, die sie heute sicher begleitet hat. Gegen elf Uhr haben sie gemeinsam Beeren, Laub und Rinde gesammelt und Wasser in unseren zwei gelben Plastikcontainern geholt, wovon meine Mutter einen auf dem Kopf transportiert hat. Nach dem Mittagessen hat sie das Geschirr abgewaschen, die Kleidung gereinigt und erneut Wasser geholt, bis sie sich um 18 Uhr ums Abendessen gekümmert hat. Jetzt wird sie abwaschen und Maria baden, damit sie ab 21 Uhr am Feuer sitzen kann, wo sie zwei Stunden lang Körner schält, bis sie und mein Vater schließlich in die Hütte gehen, um zu schlafen. All das hat sie zeit ihres Lebens so gemacht. Ohne Widerrede. Ohne sich zu beschweren. Weil es ihre gottgegebene Aufgabe ist.

»Was meinst du, Hope?«, fragt mich die Frau des Journalisten.

Einen Moment lang muss ich überlegen, wo ich überhaupt bin. Ich blicke sie fragend an.

»Ist alles okay, Hope?«, fragt mich der Journalist.

»Alles in Ordnung«, erwidere ich. »Mein Vater sagt, dass die Reichen die Armen zu Opfern machen müssen, weil sie sie dann nicht mehr zu fürchten brauchen.«

»Die Kartoffeln sind kalt«, sagt die Tochter des Journalisten.

Vorm Schlafengehen darf sie noch einen Film gucken. Das Mädchen schleift mich ins Wohnzimmer mit enormen Bücherregalen sowie afrikanischer Kunst und parkt mich auf einer weißen Couch. In versinke buchstäblich in ihr.

»Was möchtest du sehen?«, fragt mich die Tochter des Journalisten.

»Ich weiß nicht. Ich hab noch nie einen Film gesehen«, antworte ich wahrheitsgemäß.

Das Mädchen steht vor mir und guckt mich kritisch an. Es glaubt mir nicht.

»Doch, wirklich«, wiederhole ich.

»Papi, Hope hat noch nie einen Film gesehen«, ruft das Mädchen.

»Dann mach was Vernünftiges an«, ruft der Journalist zurück. »Keinen Barbie-Film, hörst du?«

Das Mädchen wühlt durch eine Kiste mit Filmen und wählt einen aus. Es schiebt die DVD in den DVD-Spieler und kuschelt sich zu mir aufs Sofa. Der Film beginnt, und eine

Stimme singt: *»Eine Insel mit zwei Bergen und im tiefen, weiten Meer, mit viel Tunnels und Gleisen und 'nem Eisenbahnverkehr ...«*

»Jim Knopf und Lukas, der Lokomotivführer«, strahlt das Mädchen mich an und legt seinen Arm um mich.

Mir gefällt der Film. Er macht mich jedoch ein wenig traurig. Ich weiß aber nicht, warum. Als der Film schließlich vorbei ist, frage ich das Mädchen, ob Jim irgendwann wieder nach Hause zurückkehrt.

»Nö«, antwortet die Tochter des Journalisten.

»Vermisst er seine Heimat denn nicht?«, frage ich weiter.

»Er hat doch Lukas«, sagt das Mädchen.

»Dann ist das wohl in Ordnung so«, sage ich.

»Ja«, antwortet das Mädchen und gähnt laut.

⋆ ⋆ ⋆

Ich mache die ganze Nacht kein Auge zu. Ich komme aus dem Grübeln nicht raus. Ich kann das alles nicht auf einmal machen, denke ich immerfort. Es ist alles zu viel für mich. Weil alles so neu ist, so anders. Die kleinsten Kleinigkeiten sind eine Herausforderung für mich. Lichtschalter. Türgriffe. Die Toilettenspülung. Die Dusche. Warmes Wasser. Kaltes Wasser. In Kanada war das damals ja alles ähnlich. Aber Kanada kommt mir vor wie in einem anderen Leben. Nicht mehr wahr. Vergangen. Vergessen. Jetzt bin ich hier. Ich sehne mich nach Ruhe, nach Vertrautheit, nach meiner Familie. Natürlich sind alle nett zu mir. Der Journalist, seine Frau, sein Kind. Was ich brauche, sind meine Regeln, meine Routine. Das Wasser am Morgen mit einem Plastikcontainer holen. Das Getreide auf einem Stein zermahlen. Die Plastikteller nach dem Essen abwaschen. Auf dem harten Boden schlafen. Die Geräusche der Natur zu hören. All das vermisse ich. Dabei will ich doch nicht undankbar sein. Ich will es ja so. Ich will meine Geschichte erzählen.

Deswegen bin ich ja hier. Ich will diese Welt ein bisschen besser machen, damit andere von mir lernen, damit sie nicht die gleichen Fehler begehen, die ich begangen habe. Ich fühle mich schuldig, und wenn dieses Gefühl in mir aufsteigt, dann will ich mich dafür bestrafen, weil ich die Schande in mir spüre, sie lebt in mir, sie kocht in mir auf, bis ich mich selbst schlage, immer wieder auf mein Bein einschlage, bis ich ihn nicht mehr fühle, den Schmerz, weder auf meinem Körper noch in meiner Seele. Ich bin allein, nur ein Mädchen aus dem Busch, wo es auch hingehört. Ich verdiene es nicht, geliebt zu werden, ich verdiene es nicht, Freunde zu haben. Was Grace jetzt wohl macht? Während ich hier in einem warmen Bett liege, auf mir eine Daunendecke, kauert sie auf einer löchrigen Matratze und hofft auf einen Mann, der sie aus all dem Elend befreit. Und meine Eltern, meine Tochter, was macht Maria jetzt gerade? Ist sie glücklich? Wird sie mich vergessen? Ich bemitleide mich, aber ich kann nicht anders. Ich kann mit diesem Körper nicht leben. (In einer anderen Haut, vielleicht.) Dieser Körper, der so viel Unheil angerichtet hat. Meine Hände sind schmutzig. Meine Haut ist zu schwarz. Meine Hüften sind zu breit. Ich hasse meinen Schoß. Ich verabscheue es, ihn zu berühren. Wie soll mich jemals ein Mann lieben? Wie? Ich bin neidisch auf Grace, die alles so leicht nimmt. Sie glaubt an Märchen. Aber Menschen sterben in Märchen. Ahnt sie das nicht? Grace hat sich sogar Kondome gekauft. Ich weiß nicht einmal, wie man diese Dinger benutzt. Ich habe noch nie einen Mann geliebt. Was mir im Busch widerfahren ist, ist mein Geheimnis. Ich darf nicht darüber sprechen. Nicht im Detail. Man würde mich nicht verstehen. Man würde mich dafür verurteilen. Man würde sagen, dass es meine Schuld war, dass ich es so wollte, weil ich ein Mädchen bin, dass ich diesen Mann verführt habe, weil ich *Cen* in meinem Herzen trage, in meiner Seele, in meinem Geist, meinem

Tipu. Die Furcht, dass der Scherbenhaufen meiner zerstörten Heimat, meiner zerschmetterten Kindheit, in meinen Augen sichtbar ist, hält mich davon ab, wahre Freude zu empfinden. Ich fürchte mich davor, meine Schwäche und meine Bestürzung zu offenbaren. Ich bin wie mein Land, wie meine Heimat, verletzt und zerstört, innerlich zerbombt. Für Gott und mein Land? Wenn mein Land leidet, dann leide ich auch. Nach Hause? Wo ist das? Womit soll ich nach Hause gehen? Mit was? Nur mit mir? Ich bin nichts, nur eine Fremde unter Fremden, egal, wo ich bin. Vielleicht werde ich eines Tages sogar namenlos sein. (Wer bin ich?)

* * *

»Meine Damen und Herren, ich möchte Sie jetzt mit einer jungen Frau bekannt machen, die couragiert, furchtlos und mutig ist. Ihre Geschichte bringt uns hier und heute zusammen. Sie hat den langen Weg von Uganda nach Deutschland auf sich genommen, um uns von ihrem Leben zu erzählen. Meine Damen und Herren, Hope«, stellt mich der Journalist auf der Buchmesse in Frankfurt den Journalisten nach der ersten Lesung aus meinem Buch vor. Ich stehe in einem großen Saal, in den mein ganzes Dorf passen würde. (Alles in Deutschland erscheint mir gewaltig.) Um mich herum sehe ich Bücher. Kleine, große, dicke, dünne Bücher, wohin mein Auge reicht. (Als Kind habe ich mich immer nach Büchern gesehnt.) Vor meinem Auftritt bin ich durch eine enorme Halle gegangen, in der es nur Kinderbücher gegeben hat. (Maria hätte sich hier bestimmt sehr wohlgefühlt.)

Ich höre gewaltigen Applaus, doch wenn ich ganz ehrlich bin, zieht irgendwie alles an mir wie in einem Traum vorbei. Die Gäste blicken mich erwartungsvoll an. Der Journalist nickt mir zu. Ich muss eine Rede halten. Ich habe noch nie vor so vielen Menschen gesprochen. Ich wünschte, mein Vater wäre hier. Mir fehlen die Worte. Meine Kehle ist trocken. Ich spüre meinen Herzschlag. Der Journalist kommt zu mir auf die Bühne.

»Sei einfach nur du selbst«, flüstert er mir zu.

Ich lächle ihn an.

»Es könnte Ihnen auch passieren«, beginne ich meine Rede. »Das, was mir widerfahren ist, nein, was uns widerfahren ist, meinem Volk und mir. Ich weiß nicht, ob Sie mich verstehen. Ich bin nur ein Gast in Ihrem Land. Meine Heimat ist Uganda. Ich liebe meine Tochter und meine Eltern. Vielleicht verbindet uns das, Sie und mich, dass wir unsere Familien lieben. Mehr als das Recht. Denn, wissen Sie, als Frau hat man es in meinem Land nicht leicht. Besonders wenn man etwas verändern, nein, verbessern, will. Vieles regt mich auf, besonders, wenn die Ältesten, die bei uns das Sagen haben, an ihren Traditionen festhalten. Wenn sie mir befehlen, wie ich zu sein, wie ich mich zu verhalten habe. Aber ich mache weiter, weil ich an die Zukunft Ugandas glaube. Ich bin mir nicht sicher, ob ich meine Vergangenheit jemals abschütteln kann. Ich hoffe es aber sehr. Was wir in Uganda brauchen, ist ein Gesetz, das für alle gilt. Ein Gesetz, das nicht nur auf dem Papier existiert, sondern gelebt wird. Erst dann sind wir frei. Ich bin erst wenige Tage hier, aber ich habe den Eindruck, dass dies ein freies Land ist. Dafür beneide ich Sie. Aber lassen Sie mich ganz aufrichtig sein. Ich möchte nicht woanders leben wollen als in Uganda. Bei meiner Familie. Sie müssen verstehen, Cousins sind auch Brüder und Schwestern, ein Neffe kann ein Sohn, eine Nichte die Tochter sein, ein Onkel der Vater und die Tante mütterlicherseits die echte Mutter. Unsere Familienverhältnisse sehen auf den ersten Blick sehr kompliziert aus. Sind sie auch. Aber so kommen wir miteinander aus. Auch wenn das manchmal nicht leicht ist. Wir sind uns einig, dass uns unsere Heimat wichtig ist. Selbst wenn wir uns oftmals auf kaum etwas verständigen können. Wir haben unser eigenes Tempo. Es ist langsam. Wir bewegen uns dennoch. Was die junge Generation indes braucht, ist eine Identität. Wir wollen nicht die Fehler der Alten wiederholen, was nicht einfach ist, weil die Alten an ihrer Macht festhalten. Wir brauchen eine zweite Chance. Deshalb bin ich hier, um Ihnen diese Geschichte zu erzählen. Danke, dass Sie mir zuhören.«

Noch einmal klatschen die Leute. Sie kommen auf mich zu und beglückwünschen mich. Ich gebe Interviews. Fotografen möchten mein Bild.

»Das ist dein Andy-Warhol-Moment«, sagt der Journalist.

»Wer ist Andy Warhol?«, frage ich ihn.

»Man behauptet immer, die Zeit verändere die Welt, aber in Wahrheit musst du sie selbst ändern«, antwortet der Journalist.

»Hat das Andy Warhol gesagt?«, frage ich.

»Absolut«, sagt der Journalist.

»War das ein Präsident?«, frage ich weiter.

»Ich glaube nicht, dass er der Richtige für ein öffentliches Amt gewesen wäre«, sagt der Journalist mit einem Grinsen.

* * *

Am kommenden Tag beginnt unsere Lesereise in Köln. Die Frau des Journalisten und seine Tochter schlafen bei unserer Abfahrt noch. Ich bin mal wieder viel zu früh erwacht und habe die Nachbarn beobachtet, wie sie ihre Hunde ausführen und den Kot der Tiere mit Plastiktütchen aufsammeln. Ich werde aber den Eindruck nicht los, dass es eigentlich die Hunde sind, die die Menschen mit sich schleifen und ungeduldig von Baum zu Baum zerren. Wir nehmen den Zug. Es ist eine wunderschöne Fahrt. Direkt am Rhein entlang. Selten habe ich eine solch hübsche Landschaft gesehen. Ich schaue aus dem Fenster. Die Bäume biegen sich im Wind. Ich frage mich, wie sie heißen. Ich will den Journalisten aber nicht mit meinen Fragen stören. Er liest eine Zeitung. (Seine Lieblingsbeschäftigung.) Mir fällt auf, dass uns die anderen Passagiere, die fast alle etwas essen, anstarren. Einige tuscheln sogar. Wir sitzen in einem Abteil der ersten Klasse. Es ist die Idee des Journalisten gewesen.

»Ruhe hat seinen Preis«, hat er gesagt.

»Was ist los? Stimmt was nicht?«, fragt er mich jetzt.

»Nichts«, antworte ich und überspiele meine Unsicherheit.

Ich blicke wieder auf den Rhein und die Vegetation. Es ist Herbst, hat mir der Journalist bei meiner Ankunft erklärt. Ich kenne keine Jahreszeiten. Bei uns gibt es nur Trocken- und Regenzeiten, wobei ich die Trockenzeit am liebsten habe. Der Journalist bemerkt, dass mit mir was nicht stimmt.

»Die glauben wahrscheinlich, dass wir was miteinander haben«, sagt er.

»Warum?«, frage ich.

»Weißer Mann im mittleren Alter. Schwarzes, junges Mädchen. Gemeinsam unterwegs. Da reimt sich jeder seine Geschichte zusammen«, antwortet der Journalist.

»Wie bei mir zu Hause«, erwidere ich.

»Wie bei dir zu Hause. Genau«, sagt er und faltet seine Zeitung zusammen.

Er guckt nun auch aus dem Fenster.

»Ach, wie schön, die Loreley«, sagt er plötzlich und zeigt auf einen Felsen.

Ich erkenne nichts. Es ist neblig und hat zu nieseln angefangen. Kleine Regentropfen kullern die Scheibe hinunter.

»Die Loreley«, erklärt mir der Journalist, »war eine wunderschöne Frau, weißt du. Sie hat so schön gesungen, dass die Schiffer nicht mehr aufpassten und ihre Boote gegen den Felsen fuhren, wegen der Strömung.«

Ich nicke.

»Warum?«, frage ich ihn.

»Warum was«, antwortet er.

»Warum hat sie das gemacht?«, frage ich.

»Gute Frage«, sagt der Journalist. »Es gibt verschiedene Interpretationen, Geschichten, weißt du. Mir gefällt die von der verlassenen Braut.«

»Erzähl sie mir«, bitte ich ihn.

Der Schaffner betritt das Abteil und bittet um die Fahrkarten. Der Journalist kramt sie aus seiner Jackentasche und reicht sie dem Mann, der sie abknipst und sich dann den anderen Passagieren zuwendet.

»Die Loreley«, berichtet der Journalist mir anschließend, »war so schön, dass sich alle Männer in sie verliebten. Ihr Herz aber gehörte einem edlen Ritter: Eberhard. Nun, Eberhard zog in den Krieg, und während er fort war, hielten die anderen Männer um ihre Hand an. Doch Loreley wies alle ab. Aus Liebeskummer nahmen sich viele von ihnen das Leben. Das Volk glaubte, dass Loreley eine Hexe sei, und wollte sie verbrennen, doch der Erzbischof von Köln hatte Mitleid mit ihr und verbannte sie in ein Kloster. Loreleys letzter Wunsch war es, noch einmal auf den Felsen zu klettern, von wo aus sie die Burg ihres Geliebten sehen konnte. Just in dem Augenblick kam ein Boot, und auf dem Boot stand: Eberhard. Loreley, außer sich vor Glück, rief seinen Namen: Eberhard. Tja, Eberhard übersah den Felsen, fuhr dagegen und ertrank in den Fluten des Rheins. Und Loreley? Sie folgte ihm in den Fluss. Niemand hat je ihre Leiche gefunden. Aber noch heute hört man bei stürmischem Wetter ihre Stimme, die verzweifelt den Namen ihres Geliebten ruft: E-ber-hard.«

Der Journalist lehnt sich zurück und grinst.

»Ist das eine wahre Geschichte?«, frage ich ihn.

»So wahr ich hier sitze«, sagt er.

»Sie hat sich gerächt«, sage ich.

»Die Menschen haben sie schlecht behandelt«, sagt er.

»Wäre der Ritter nicht in den Krieg gezogen und hätte stattdessen Loreley geheiratet, wäre ihr Geist heute frei«, sage ich.

»Mer soll nit alles an de Domklock hange«, mischt sich der Schaffner, der die Geschichte des Journalisten offensichtlich gehört hat, nun in unser Gespräch ein.

»Entschuldigung. Und das heißt?«, sagt der Journalist zum Schaffner.

»Man muss nicht über alles reden, was geheim bleiben sollte«, sagt der Mann und wünscht uns noch einen guten Tag.

Die anderen Passagiere grinsen. Der Journalist öffnet wieder seine Zeitung. Bevor er sie aber liest, sagt er zu mir: »Ich glaube, dass jede gute Geschichte mit einer Lüge beginnt und mit der Wahrheit endet. Was glaubst du?«

Ich nicke ihm zu. Meine rechte Hand berührt meinen Oberschenkel. Er tut mir weh. (Schuld ist nichts anderes als das Verlangen nach Strafe.)

»Wie geht's eigentlich in der Schule?«, fragt mich der Journalist.

»Gut«, antworte ich. »In zwei Jahren mache ich mein Abitur.«

»Was sind denn deine Lieblingsfächer?«, fragt der Journalist.

»Naturwissenschaften und Literatur«, sage ich.

»Wer ist dein Lieblingsautor?«, fragt er weiter.

»Shakespeare«, sage ich stolz.

»Echt?«, fragt der Journalist verwundert.

»Ja, wir haben Hamlet gelesen. Also, der Lehrer hat uns was daraus vorgelesen«, sage ich.

»Super. Was ist Hamlets Dilemma?«, fragt mich der Journalist.

»Er ist verwirrt«, sage ich.

»Das glaube ich nicht«, sagt der Journalist.

»Er kann sich doch nie entscheiden«, antworte ich.

»Das stimmt, aber weißt du auch, warum das so ist?«, sagt der Journalist.

»Nein«, sage ich.

»Der Geist spricht zu ihm, erinnerst du dich?«, fragt der Journalist.

»Sein Vater, richtig«, fällt es mir wieder ein.

»Genau. Und was sagt der Geist?«, fragt der Journalist.

»Er sagt, dass Hamlet den Tod seines Vaters rächen soll«, sage ich.

»Ja. Aber das ist nicht der Punkt. Er soll seinen Vater rächen, ohne seine eigene Seele zu beschmutzen, was unmöglich ist, denn wie soll eine reine Seele einen Mord begehen, ohne sich selbst zu verraten? Hamlet will das Richtige tun. Nur wie? Er ist nicht verwirrt.«

Ich nicke.

»Das ist Hamlets Dilemma. Jeder Mensch, dem Unrecht widerfahren ist, steckt in dieser Zwickmühle«, sagt der Journalist.

Ich nicke. Der Journalist liest weiter in seiner Zeitung. Ich versuche, mich abzulenken, und öffne die Bibel, die mir Alice gegeben hat. Der Journalist bemerkt meine Lektüre. Er lächelt mich an.

»Shakespeare und die Bibel. Interessante Mischung«, sagt er.

»Du glaubst nicht an Gott, oder?«, frage ich ihn.

»Bedingt, aber …«, sagt er.

»Gott sagt nicht: aber«, erwidere ich.

Der Journalist antwortet nicht.

»Im Anfang war das Wort. Und das Wort ist Fleisch geworden. Voll Gnade und Wahrheit«, rezitiere ich frei aus der Bibel. »Gibt es einen besseren Trost?«

»Nein«, sagt er, legt die Zeitung weg und schließt die Augen.

Ich blicke aus dem Fenster und wünschte, es wäre warm.

Die Kälte am Kölner Hauptbahnhof erschüttert meinen

Körper. Es ist so eisig, dass ich mich auf nichts konzentrieren kann. Ich ziehe den Reißverschluss des Mantels bis unters Kinn zu und schiebe die Kapuze über meinen Kopf. Ich versuche, mich so gut es geht vor den scharfen Windböen zu verstecken. Ich blicke auf den Boden der Domplatte, den eigentlichen Dom verpasse ich fast.

»Kurz reingehen?«, fragt mich der Journalist.

Ich nicke.

Wir betreten den Dom und ich bin überwältigt.

»Der Dom war mal das höchste Gebäude der Welt«, flüstert der Journalist.

»Wann?«, frage ich ihn.

Der Journalist blickt mich an.

»Du willst es aber genau wissen«, sagt er. »Bin gleich wieder da.«

Alleine gehe ich weiter und gucke mir alles ganz genau an. Die Figuren, die allesamt so trübsinnig aussehen. Die verschiedenen Kapellen. Die Fenster. Vielleicht denke ich in diesem Augenblick an meine Tochter, die zu Hause ist und womöglich weint, weil sie nicht weiß, wo sie mich suchen soll. Was ist Maria eigentlich für mich? Außer meine Tochter. Eine Last? Oder ein Segen? Vermutlich erwartet sie, dass ich sie immer lieben werde. Im Grunde tue ich das ja auch. Obwohl ich manchmal das Gegenteil denke. Meine Gefühle für sie sind aber echt. (Eine Mutter braucht keine Belohnung. Eine Tochter schon.) Eines Tages wird sie es begreifen, was es bedeutet, ich zu sein. Ihre Mutter. Pflichterfüllt und doch immer zweifelnd. Ich werde versuchen, ihr jeden Wunsch zu erfüllen. Selbst wenn es mir nicht gelingen wird, weil ich nie lange genug an einem Ort verweile. Schon heute kenne ich zu viele Welten.

»1880 bis 1884«, sagt der Journalist.

»Hast du jemanden gefragt?«, antworte ich.

»Für dich«, sagt er und gibt mir einen Katalog, in dem die Geschichte des Doms erzählt wird.

Bevor wir die Kirche verlassen, zünden wir jeder noch eine Kerze an.

»Warum macht man das?«, frage ich.

»Kerzen bringen Licht ins Leben«, sagt der Journalist. »In ihren Farben leuchten unsere Seelen.«

Das finde ich sehr schön und nehme mir vor, diese Tradition mit nach Hause zu nehmen. Anschließend gehen wir zu meinem ersten Interview des Tages. Weitere folgen. Wie auch endlose Lesungen in Buchläden und Schulen, dazu Pressetermine und und und. Fast drei Wochen lang. Die Namen der Städte kann ich mir nicht merken. Sie sehen auch alle gleich aus. Wie die Menschen, die immer wieder wissen wollen, wie sie helfen können, was mich überrascht, weil sie mich und mein Volk doch überhaupt nicht kennen, wir ihnen fremd sein müssen. Eine greifbare Antwort habe ich nicht und versuche, mich daran zu erinnern, was mich mein Vater gelehrt hat.

»Unser größtes Problem ist nicht Hunger oder Krankheit, es ist auch nicht unser Konflikt. Unser größtes Problem ist Apathie, Gleichgültigkeit. Dass wir diese Probleme sehen und doch nichts tun, das ist der Fall, das müssen wir ändern«, sage ich.

* * *

Am letzten Abend vor unserer Rückkehr nach Frankfurt sitzen wir im Hotelrestaurant. (An die starren Blicke der anderen Gäste habe ich mich in der Zwischenzeit gewöhnt.)

»Isst du deinen Salat nicht?«, frage ich den Journalisten, der mal wieder in eine seiner Zeitungen vertieft ist.

»Bedien dich«, antwortet er.

Ich nehme mir seinen Teller.

»Das ist wegen der Kälte«, sagt der Journalist.

»Was?«, frage ich.

»Dein Körper braucht Energie. Deswegen hast du immer Hunger«, sagt er.

Ich nicke.

»Bist du oft von zu Hause weg?«, frage ich ihn.

Er blickt mich erstaunt an.

»Zu oft«, antwortet der Journalist.

»Meine Eltern sind immer zusammen. Jetzt, wo mein Vater nicht mehr trinkt«, sage ich.

»Wirklich? Das ist bemerkenswert. In Deutschland lassen sich die Leute Freiräume. Sagen sie zumindest. Vielleicht fürchten sie sich auch nur vor ihren Fehlbarkeiten«, erklärt er.

»Wenn ich Maria einen Brief schreibe, meinst du, er kommt auch an?«, kommt es mir plötzlich in den Sinn.

»Wir schicken ihn mit DHL an deine Schule und bitten darum, ihn bei deinen Eltern abzuliefern«, sagt der Journalist.

»Alles ist immer so kompliziert bei uns. Wir haben nicht einmal einen Briefkasten. Und lesen kann auch kaum noch jemand. Ich muss jemanden bitten, ihn Maria vorzutragen«, sage ich traurig.

Es entsteht eine längere Stille. Ich wische meinen Mund ab und blicke den Journalisten an.

»Was ist?«, frage ich ihn.

»Ich habe mit meiner Frau gesprochen«, sagt der Journalist ernst. »Wenn du willst, kannst du bei uns bleiben.«

Mir fällt darauf spontan nur eine Antwort ein: »Und Maria?«

»Maria holen wir nach«, sagt der Journalist.

Dann denke ich an meine Mutter und meinen Vater. Der Journalist lächelt mich an und schüttelt langsam den Kopf.

»Meine Mutter braucht mich. Sie ist alt. Mein Vater kann sich nicht um sie kümmern. Er hat seine eigenen Probleme«, sage ich.

»Was ist mit dir, Hope?«, fragt mich der Journalist.

»Mit mir?«, sage ich.

»Ja, mit dir und deinem Leben. Du sagst doch selbst, bei dir gibt es nichts. Ich meine, ich kenne dein Land«, sagt der Journalist. »Ich kenne die Probleme, die auf dich warten.«

»Hast du etwa Mitleid mit mir?«, frage ich ihn.

»Kein bisschen. Darum geht's auch nicht«, sagt er.

»Bist du sicher?«, frage ich ihn.

»Wie das Amen in der Kirche«, sagt er und fragt mich darauf: »Was willst du in Uganda machen?«

»Ich will Ärztin werden«, sage ich und füge hinzu: »Ich wollte schon immer Ärztin werden.«

»Bravo. Das ist eine gute Idee«, sagt er.

»Finde ich auch. Ich möchte den Menschen helfen«, sage ich.

»Und wer hilft dir?«, fragt er todernst.

»Mir?«, frage ich, »ich brauche keine Hilfe.«

»Meine Frau hat mir von den blauen Flecken an deinen Beinen erzählt«, sagt er fast entschuldigend.

Ich kann ihm nicht in die Augen blicken. Da ist sie, die unbeschönigte Wahrheit, die ich zu vermeiden gehofft hatte.

»Ich wollte dich nicht anlügen«, sage ich.

»Du hast nicht gelogen. Du versuchst, dich selbst zu schützen«, sagt er.

Ich berühre meinen Oberschenkel.

»Weißt du, was merkwürdig ist?«, frage ich ihn.

Der Journalist blickt mich fragend an.

»Bis zum heutigen Tag kann ich keine Nacht schlafen, ohne von Angst erfasst zu werden. Und ich weiß nicht einmal, wovor ich genau Angst habe. Meine Gedanken lassen mich nicht los. Ich bete jeden Tag zu Gott, dass das alles irgendwann vorbei ist. Ich kann das alles aber nicht genau beschreiben. Ich bin so sprachlos«, sage ich.

»Ich kenn mich mit so was nicht aus. Aber wir können jemanden finden, der dir helfen kann«, sagt der Journalist.

»Und dann? Kann er mein bitteres Herz heilen?«, frage ich.

»Keine Ahnung, aber einen Versuch ist es doch wert, oder?«, sagt der Journalist. »Vermutlich wird dies aber längere Zeit in Anspruch nehmen. Eine Psychotherapie dauert seine Zeit.«

»Dann müsste ich aber hierbleiben, oder?«, frage ich.

»Davon gehe ich aus«, sagt der Journalist.

Ich überlege, und je länger ich nachdenke, desto klarer ist mein Entschluss, nach Hause zurückzukehren. Ich kann das durchstehen. Das müssen andere ja auch. Der Journalist scheint meine Gedanken lesen zu können.

»Das Gute ist, dass du jetzt genügend Geld hast, um dein Studium zu bezahlen«, sagt der Journalist.

Ich verstehe ihn nicht. Geld? Ich? Woher?

»Na, die Honorare der Lesereise gehören dir. Und wenn ich die Summe überschlage, sind die kommenden Jahre erst mal gesichert. Wenn du vernünftig haushaltest«, sagt er.

»Das ist wunderbar«, antworte ich und kann mein Glück nicht fassen.

»Du hast es verdient, Hope«, sagt der Journalist. »Und denk darüber nach, du und deine Tochter, ihr seid jederzeit willkommen.«

Der Journalist unterschreibt die Rechnung, und wir gehen auf unsere Zimmer. Ich wünsche ihm eine gute Nacht. Obwohl ich leichte Kopfschmerzen habe, will ich Maria jetzt den Brief schreiben. Denn meine Stimmung ist sonst gut. Ich fühle mich sicher, und mit meinem ersten, selbstverdienten Geld werde ich auch meiner Tochter Schutz bieten können, bin ich hoffnungsvoll. In diesem Moment liebe ich mein Dasein. Ich überrasche mich selbst. Ich bin euphorisch. Ich setze mich an den Schreibtisch, öffne die Schublade und finde dort Briefpapier und einen Kugelschreiber.

Meine liebe Maria, beginne ich den Brief. *Du wunderst Dich bestimmt, wo ich bin. Ich bin in Deutschland. Das ist ziemlich weit weg. Ich bin aber auch ganz nah bei Dir. In Deinem Herzen, liebe Tochter. Und in wenigen Tagen werde ich wieder in Deinem Leben sein. Mit guten Neuigkeiten für uns. Sehr guten Neuigkeiten. Ich freue mich schon sehr darauf, sie Dir zu berichten. Bis es endlich soweit ist, möchte ich Dir von meiner Reise nach Deutschland erzählen. Ich wohne beim Journalisten und seiner Familie. Du hast ihn ja mal kennengelernt. Er und seine Frau sind sehr nett zu mir. Sie haben eine Tochter. Sie ist so alt wie Du. Du würdest dich bei dieser Familie auch sehr wohlfühlen. Die Wohnung ist groß. Jeder hat sein eigenes Zimmer. Es gibt sogar einen Kühlschrank, der immer voll ist. Die Munos essen sehr viel und immerzu. Glaub mir, Maria, es ist sehr komisch, sie dabei zu beobachten, weil sie ihre Nahrung immer fixieren, bevor sie sie in den Mund stecken. Überhaupt starren die Munos fortwährend. Sie sind nicht so diskret wie wir. Was sie nicht tun, ist, sich gegenseitig zu berühren. Ich vermisse das sehr. Ich glaube nicht, dass sie ihre Körper mögen. Sie sind allezeit angezogen, selbst zu Hause. Von Kopf bis Fuß. Das ist schon seltsam. Die Muno-Männer sind viel größer als unsere Männer und haben viel dickere Bäuche. Die Muno-Frauen sehen auch alle gleich aus und ändern nie ihre Frisuren. Sie haben kurze, blonde Haare. Nur wenn die Muno-Frauen alt sind, verfärben sich ihre Haare und werden blau. Die Munos, Männer und Frauen, lieben es zu arbeiten. Aber nicht draußen, sondern in Büros, wo die Luft schlecht und stickig ist. Vielleicht riechen sie deshalb so eigentümlich. In die Natur gehen sie nur an den Wochenenden. Auch da tragen sie Kleidung, meist eng und bunt, und rennen, als ob sie von irgendetwas gejagt würden. Manche Munos halten dabei auch Stöcke in den Händen. Vermutlich, um sich gegen wilde Tiere zu wehren, die ich bis jetzt noch nicht gesehen habe. Ihre Gesichter sehen schmerzverzerrt aus. Überhaupt kommen mir die Munos nicht glücklich vor. Sie reden selten miteinander. Im Zug oder in der Straßenbahn schweigen sie oder haben Kopfhörer auf. Jeder ist irgendwie für sich. Kranke Munos habe ich bis heute nicht gesehen. Ich weiß nicht, wo die versteckt werden. Was die Munos gerne tun, ist, Briefe zu schreiben. Jeden Tag kommt ein Bote und bringt dem Journalisten und seiner Frau Dutzende von Briefen. Bemerkenswert finde ich, dass jeder Muno lesen kann. Die Schule kostet nichts, und jeder Muno hat irgendwann mal eine besucht. Auch die Verrückten. Wenn ein Muno einen anderen begrüßt, dann sagt er: ›Kann nicht klagen.‹ Ich habe den Eindruck, dass sie sich gerne beschweren und streiten. Die Munos sind nicht so ausgeglichen wie wir. Sie reden sich auch nicht mit ihren echten Namen an. Der Journalist nennt seine Frau ›Schatz‹ und sie ihn ›Hase‹. Stell Dir das mal vor. Wenn Muno-Mütter mit ihren Kindern reden, dann ändern sie ihre Stimme und verfallen in einen Singsang. Das ist lustig. Wenn man ihre Kinder aber streicheln will, dann verstehen Muno-Mütter keinen Spaß mehr. Das mögen sie nicht. Ihre Hunde darf man aber ungestraft anfassen. Wenn Munos mal miteinander reden, dann werden sie laut und hören sich wie Tiere an, die durcheinander Geräusche machen. Etwa so: muck, muck, muck. Tanzen tun die Munos nicht. Dafür trennen sie ihren Müll und haben dazu Tonnen in verschiedenen Farben. Es gibt Spione, die das kontrollieren. Und dann gibt es Spione, die überprüfen, ob die Munos auch ihren Fernseher bezahlen. Die Munos gucken immer Fernsehen und lesen dauernd die Zeitung. Überhaupt müssen die Munos für alles bezahlen. Selbst für Wasser, obwohl es doch aus der Erde kommt. Sie vermessen und zählen alles, was ihnen sehr viel Spaß zu bringen scheint. Und wenn sie sich mal unterhalten oder nicht gerade etwas zählen, dann sprechen sie über ihren letzten Krieg, der irgendwie schon 50 Jahre zurückliegt. Die Munos sind seltsam, und ich kann es kaum erwarten, bald nach Hause zu kommen. Ich hoffe, dass Dich dieser Brief erreicht und dass ihn Dir jemand vorlesen wird. Ich liebe und umarme Dich, Deine Mutter.*

⋆ ⋆ ⋆

»Kommst du uns wieder besuchen?«, fragt mich die Tochter des Journalisten.

Wir sind in ihrem Zimmer. Ich packe meinen neuen Koffer, den mir die Frau des Journalisten geschenkt hat. Ich falte meine desgleichen neue Garderobe zusammen und lege alles ordentlich hinein. Hemden, Hosen und Röcke. Für mich und meine Familie. Dazu packe ich zahlreiche Schreibhefte und Stifte, die ich ebenfalls geschenkt bekommen habe. Wie auch einen Band mit Shakespeares gesammelten Werken sowie Grays Anatomie, ein Medizinfachbuch für Studenten.

»Das ist ein bisschen kompliziert«, antworte ich.

»Warum?«, fragt das Mädchen.

»Uganda ist weit weg«, sage ich.

Die Tochter des Journalisten stutzt, steht von ihrem kleinen Stuhl auf, greift sich eines ihrer Stofftiere und gibt es mir. Es ist eine Ente, die richtig quakt.

»Für deine Tochter«, sagt das Mädchen.

Ich bedanke mich. Die Frau des Journalisten betritt das Zimmer. Sie hält zwei große Nutella-Gläser in den Händen.

»Das magst du doch so gerne«, sagt sie und legt die Gläser mit in den Koffer.

»Maria wird sich sehr darüber freuen«, sage ich.

»Tut mir leid, dass wir uns nicht näher kennengelernt haben«, sagt die Frau des Journalisten.

»Das haben wir doch«, entgegne ich.

»Stimmt«, sagt sie, lächelt und verlässt das Zimmer.

Ich schließe den Koffer. Das Mädchen sitzt auf dem Boden und spielt mit seinen Puppen. Ich gehe ebenfalls aus dem Zimmer, um den Journalisten zu suchen. Er steht auf dem Balkon und raucht.

»Zigaretten bringen dich um«, sage ich.

»Das Leben bringt dich um«, antwortet er.

Wir blicken in den Garten, bis ich genügend Mut aufbringe, ihm mein Abschiedsgeschenk zu geben. (Leider hatte ich ja keine Gastgeschenke dabei.) Es ist ein Zettel.

»Was ist das?«, fragt er mich überrascht.

»Do ut des«, antworte ich.

Der Journalist lacht.

»Das habe ich doch nicht so ernst gemeint«, sagt er.

»Ich schon«, antworte ich. »Lies.«

Er blickt auf das Stück Papier in seiner Hand und beginnt laut vorzulesen:

Sie hat gesagt, was es zu sagen gibt.
Sie sprach von Liebe, Heimat und ihrem Mädchen.
Jetzt schließt sie das Buch und legt den Stift beiseite.
Sie blickt in den grauen Himmel und träumt von zu Hause.
Wo der Regen niemals aufhören darf.
Es ist später, als du denkst, und was übrig bleibt, ist was?
Barfuß vorbei an den Mangobäumen zu laufen ... vielleicht.
Es gibt keine Zäune. Es gibt keine Grenzen. Es gibt nur Land.
Wir sind außerhalb menschlicher Hoheitsgewalt.
Wir sind Mutter und Tochter ... vereint.
Alles, was wir wissen von Liebe und von Schmerz,
Tragen wir in unseren Herzen.
Alles, was wir kennen, wäscht der Regen fort.

Der Journalist faltet das Stück Papier zusammem und blickt mir lange in die Augen.

»Ich denke«, sagt er mit leiser Stimme, »wir sind quitt. Danke.«

»Nein. Ich danke dir«, sage ich und reiche ihm die Hand.

Er nickt langsam.

»Wir sollten bald los. Die Kontrollen am Flughafen dauern ewig. Alle fürchten sich vor Terroristen. Seit 9/11«, sagt der Journalist.

»Was ist 9/11?«, frage ich ihn.

Er blickt mich an.

»Das erkläre ich dir im Auto«, sagt er und geht in die Wohnung.

* * *

Die Abfertigung kommt mir endlos vor. Wir müssen über eine Stunde lang anstehen. Als wir endlich an der Reihe sind, fürchte ich schon fast, meinen Flug zu verpassen.

»Das sind sieben Kilo Übergewicht«, sagt die Frau am Schalter.

»Schlimm?«, fragt der Journalist.

»Es sind nur 20 Kilo erlaubt«, sagt die Frau, ohne mit der Wimper zu zucken.

»Hören Sie«, sagt der Journalist mit sanfter Stimme, »die junge Frau fliegt zurück nach Norduganda. Wissen Sie? Norduganda. 20 Jahre Bürgerkrieg. Kindersoldaten. In dem Koffer sind Geschenke. Für ihre Familie und ihre Tochter. Nun drücken Sie schon ein Auge zu.«

»Regeln sind Regeln. Das kostet extra«, sagt die Frau und lehnt sich zurück.

»Wie viel?«, fragt der Journalist.

»7 Kilo. 30 Euro pro Kilo. Macht 210 Euro«, rechnet ihm die Frau vor.

»Wissen Sie, was man mit 210 Euro in Norduganda alles machen kann?«, fragt der Journalist.

»Wir sind hier nicht in Norduganda«, sagt die Frau emotionslos.

Der Journalist überlegt. Die Leute hinter uns werden nervös und fangen an, über uns zu reden. Der Journalist zückt seine Brieftasche und wirft der Frau seine Kreditkarte auf den Schalter.

»Das müssen Sie da hinten bezahlen«, sagt die Frau, zeigt auf einen anderen Schalter und gibt ihm einen Laufzettel.

»Sind Sie immer so freundlich?«, fragt der Journalist.

»Sie können sich ja beschweren«, schlägt ihm die Frau vor.

»Ich kann bezahlen«, schlage ich vor, als wir den Schalter verlassen.

»So weit kommt's noch«, sagt der Journalist und begleicht kurz darauf die Rechnung.

Anschließend bringt er mich zur Passkontrolle, wo sich unsere Wege trennen. Bewegungslos stehen wir uns gegenüber.

»Ist es Zeit, dass wir uns verabschieden?«, frage ich ihn.

»Gibt es noch etwas anderes im Leben als Abschiede?«, fragt er mich zurück.

Nochmals reiche ich ihm die Hand. Fast förmlich. Als ob wir Geschäftspartner seien.

»Ich bin ein glückliches Mädchen«, sage ich.

»Schön. Warum ist das so?«, fragt mich der Journalist.

»Weil ich zwei Väter habe«, sage ich und lasse seine Hand los.

Als ich endlich die Passkontrolle erledigt habe, drehe ich mich nochmals um und winke dem Journalisten zu. Zehn Stunden später bin ich zurück in Uganda. Grace hatte versprochen, mich vom Flughafen abzuholen. Als ich das Flughafengebäude in Entebbe verlasse und zum ersten Mal wieder afrikanische Luft einatme, fühle ich mich wie neugeboren. Ich kann es kaum erwarten, Grace meine Abenteuer bei den Munos zu berichten. Nur, dass ich Grace nirgendwo sehe. Stattdessen holt mich Alice vom Flughafen ab. Grace ist tot.

KAPITEL 3

Kololo

Glauben Sie an Gott?

Sicher tun Sie das. Ich auch.

Aber stellen Sie ihm manchmal auch Fragen? Ich meine, reden Sie mit Gott?

Ich tue das. Weil, das ist zumindest meine Erfahrung, er ein guter Zuhörer ist. (Menschen sind das gewöhnlich nicht.) Und genug Zeit habe ich ja. Während meiner Nachtschicht. Hier in der Klinik. Wo ich auf den nächsten Tag warte. Bei Kerzenlicht. Und aus dem Fenster blicke und darüber nachdenke, wie ich mich entscheiden, was ich ihm sagen soll, wenn er anruft.

Es ist vier Uhr morgens, und soeben habe ich Gott gefragt, ob er wisse, wie es sich anfühlt, jemanden zu lieben, der einen nicht wirklich will. Ob er wisse, wie es ist, wenn es einem in der Seele brennt, weil man sich total missverstanden vorkommt. Wenn man seine Familie so sehr achtet, dass das Letzte, was man tun will, ist, sie zu verletzen. Wenn man weiß, dass man anders ist als alle anderen Menschen auf der Welt. (In jeglicher Hinsicht.) Wenn man nichts anderes will, als teilen, geben und berühren, aber in einer Gesellschaft lebt, die so starr und so eingefahren ist, dass man ihr nicht mehr traut. Dass man nur tief im Inneren das eigene Ich spürt, aber es kein anderer sieht, nein, sehen darf, weil es gefüllt ist mit Liebe und Mitleid und Furcht und Wut und einem tiefen, tiefen Bedauern. Das habe ich Gott gefragt. Ja, und ob er sich vorstellen könne, ich zu sein. Nur für wenige Stunden.

Vielleicht ist das zu viel verlangt, und womöglich steht mir diese Frage gar nicht zu. Deshalb frage ich lieber Sie. Können

Sie sich vorstellen, meinen Platz einzunehmen? Nicht für immer. Nein. Nur für eine Nacht. Ja?

Dann säßen Sie jetzt genau auf diesem Stuhl, von dem aus ich Ihnen meine Geschichte erzählt habe, die noch nicht zu Ende ist, die ich aber abschließen möchte. Schließlich sind Sie mir schon so weit gefolgt. Und möglicherweise kommt Ihnen das eine oder andere auch bekannt vor. Aus Ihrem eigenen Leben. Denkbar, dass Ihnen Ähnliches widerfahren ist. Unter anderen Umständen. Mit anderen Details.

Denn hängt nicht alles mit allem zusammen? Was zufällig erscheint, muss doch bestimmt sein? Meinen Sie nicht auch? Ich meine, nein, ich frage mich, kann die Zukunft die Vergangenheit heilen? Denn im Grunde genommen gibt es keine Zeit. Es gibt nur das Jetzt. Das Heute. Den Moment. Viele davon. Grace hätte mir zugestimmt und sicher auch verziehen. Warum verziehen? Nun, es gibt Dinge in meinem Leben, die rede ich mir schön, selbst wenn sie es augenscheinlich nicht sind. Wie Grace. Mein *Face of Africa*. Es tut mir leid. Es sollte keine Lüge sein. Aber Sie müssen sich das mal vorstellen.

Grace war plötzlich wiederaufgetaucht. Im Flüchtlingslager. Sie erinnern sich? Nach fünf Jahren bei der Widerstandsarmee des Herrn, bei den Rebellen also. Von den Toten auferstanden. Dünn wie eine Kassavawurzel. Ihre Arme und Beine übersät mit Narben. Schusswunden. Haben wir angenommen. Wir konnten ja nur Vermutungen anstellen. Sie hat ja nicht mit uns gesprochen. Ihre Füße waren angeschwollen. Als ob sie gerade ein paar Runden um Uganda gedreht hätte. Da stand sie. Vor uns. Hat ihre fleckige Haut gestreichelt und mit der Zunge geschnalzt. Und ihr Gesicht, ihr einst so makelloses Gesicht, Sie können sich vielleicht vorstellen, was tatsächlich mit ihr passiert ist. (Ich hoffe, Sie können es nicht.) Dass Menschen einander so quälen. Warum haben sie Grace die Lippen aus dem Gesicht geschnitten? Mit diesem pilzbefallenen Messer, sodass ihr Zahnfleisch anfing zu gären. Und ihr die Ohren vom Kopf abgetrennt. Einfach so. Mir nichts. Dir nichts. Vorher hätte sie jeder geheiratet. Grace ist einst so unheimlich schön gewesen. Aber so? Irgendetwas Falsches muss sie gesagt haben. Und gehört. Ganz offensichtlich.

Nach ihrer Rückkehr hat sie zunächst geschwiegen, und wir haben keine Fragen gestellt. Ich habe geahnt, was passiert ist. Ich kenne ja das Leben im Busch. Und irgendwann hat Grace dann doch noch angefangen, mit mir zu reden.

»Hope«, hat sie gesagt, »Gott muss ein Mann sein. Wäre er eine Frau, würde er nicht meine täglichen Erniedrigungen dulden.«

Ich habe geschwiegen und ihr nur geduldig weiter zugehört. (Was hätten Sie getan?)

»Hope«, hat sie weiterphilosophiert, »wenn Gott eine Frau wäre, würden meine Tage nicht so schmerzen. Das Recht wäre auf meiner Seite, und die Männer, die mir das angetan haben, würden dafür bestraft werden.«

»Worauf es ankommt, ist«, habe ich Grace geantwortet, »wie geschickt du durchs Feuer läufst. Bis du deinen Glauben wiedergefunden hast.«

Grace hat mich angeblickt, mit der Zunge geschnalzt und zu Boden geblickt. In diesem Augenblick hat sie ihre Entscheidung gefällt und ihren Blick nach Kampala gerichtet, wo sie untertauchen wollte, weil die Leute sie zu Hause immerzu anstarrten. Grace dachte, dass sie es in der Großstadt leichter hätte. Eine Unbekannte unter Unbekannten. Ich glaube nicht, dass Grace an Männern interessiert war. Im Gegenteil. Sie hat sich vor ihnen gefürchtet. Mit ihrer Frechheit hat sie ihre Angst nur überspielt. Am 30. November 2007 ist sie gestorben. Von Unbekannten erschlagen worden ist sie, weil sie für sie kein Mensch mehr gewesen ist. Sie haben gedacht, dass Grace ein Monster sei, ein Vampir. Trotz ihrer Perücke und des

Lippenstiftes. Graces Maske, hinter der sie sich versteckt, mit der sie sich neuerfunden hat, um nicht auch noch den Rest ihres Lebens zu verpassen. All diese vergeudeten Jahre, verschwendet und verwirkt zugleich.

Das ist die bittere Wahrheit. Meine schöne Lüge bezüglich ihres Aussehens ist gütiger, ihre Beerdigung indes eine falsche Feierlichkeit und der Sarg eine Geschmacklosigkeit gewesen. Ein paar zusammengenagelte Planken. Nur ihre Tante Alice, deren Kinder und ich sind anwesend gewesen.

»Was hast du jetzt vor, Hope?«, fragt mich Alice nach der Zeremonie.

Wir sind zurück in ihrer Behausung. Es regnet. Alices Kinder spielen im Matsch. Wie jeden Tag. Als ob auch heute nichts Besonderes geschehen wäre. Was bedeutet hier schon ein Menschenleben. Es gibt ja so viele davon.

»Was hat Grace gemacht«, frage ich zurück, »vor diesem Abend?«

»Tagsüber hat sie meist geschlafen«, antwortet Alice. »Ohne dich hat sie sich nicht mehr getraut, allein nach draußen zu gehen. Komisch, oder? Grace und ihre große Klappe. Aber ohne dich war sie wie ein kleines Kind.«

»Abends ist sie dann aber weggegangen?«, frage ich weiter.

»Abends hat sie sich hübsch angezogen. Mit meinen Perücken natürlich. Und meinen Kleidern. Meinen Röcken! Aber das war schon okay so. Sie ist dann durch die Kneipen gezogen. Durch die, in denen nicht so viel Licht ist, verstehst du?«, fragt mich Alice rhetorisch.

Ich nicke.

»Und dann?«, frage ich weiter.

»Manchmal hatte sie Glück und ist am frühen Morgen mit einigen Schillingen zurückgekommen. Sie hat dann wohl jemanden kennengelernt, der sie unterstützt hat«, sagt Alice.

»Unterstützt?«, frage ich.

»Unterstützt, das ist richtig«, sagt Alice. »Wir alle brauchen Unterstützung.«

Ich nicke.

»Du bist doch ein hübsches Mädchen. Viel hübscher als Grace. Um ganz ehrlich zu sein, viel war von Grace ja nun wirklich nicht übrig. Ich kann mir gar nicht vorstellen, dass sie überhaupt jemanden gefunden hat, der sie unterstützen wollte. Aber manchen Männern ist ja alles egal. Hauptsache, sie können ihr Ding irgendwo reinstecken, wo's warm und weich ist«, sagt Alice.

Ich blicke sie an.

»Was ich sagen will, Hope«, fährt Alice fort: »Warum bleibst du nicht hier bei mir? Ich habe den Männern was zu bieten, und ich kann dir zeigen, wie auch du schnell den einen oder anderen Unterstützer findest. Männer gibt es wie Sand am Meer. Und alle wollen nur das Eine. Mach was aus deinem Körper. Solange du ihn noch hast. Die Miete können wir uns teilen. Und wenn du jemanden mitbringst, schlafe ich anderswo. Manche Männer mögen auch zwei Frauen auf einmal. Wir kriegen das schon hin. Was meinst du? Kommen wir ins Geschäft?«

»Grace hat mir erzählt, dass du Aids hast«, platzt es aus mir heraus.

Alice guckt mich ernst an.

»Das ist eine Lüge. Die kleine Schlampe hat dir eine Lüge erzählt. Ich habe kein Aids. Ich bin HIV-positiv. Das ist ein himmelweiter Unterschied«, faucht Alice mich an.

Ich bleibe ruhig.

»Sagst du den Männern das?«, frage ich sie weiter aus.

»Bist du wahnsinnig?«, lacht Alice. »Dann bin ich ja gleich meine Kundschaft los.«

»Das ist aber nicht fair«, sage ich.

»Fair«, schreit Alice mich an, »fair? Ist es fair, dass ich in diesem Loch lebe? Ist es fair, dass meine Kinder im Dreck spielen müssen? Ist es fair, dass mich irgendein Kerl angesteckt hat? Ist es fair, dass man deine Freundin umgebracht hat? Ist es fair, dass wir in Uganda leben? Sag mir, Hope, ist das fair?«

»Gott ist fair«, flüstere ich.

»Gott«, vertraut Alice mir an, »Gott hat Uganda längst vergessen, mein Kind.«

* * *

Am kommenden Morgen bin ich zurück nach Norduganda gefahren. Sie können sich nicht vorstellen, was dann passiert ist.

* * *

Ich komme im Flüchtlingslager an. Das Gelände sieht aus, als ob hier ein enormes Volksfest stattgefunden hat. Aber es gibt kein Volk. Die Menschen sind zurück in ihre Dörfer und Gemeinden gegangen. Ja, gegangen. Zu Fuß. Eine Volkswanderung, die ich verpasst habe, weil ich ja in Deutschland gewesen bin. Mit meinem neuen Koffer in der Hand mache ich mich auf den Weg. (Nach Hause?)

Zum Glück nimmt mich irgendwann ein *boda-boda* mit. Kurz vor Anbruch der Dunkelheit setzt der Fahrer mich vor den Hütten meiner Familie ab. Ich gebe ihm einen Fünf-Euro-Schein. Er blickt mich verdutzt an. (In Uganda ist der Euro ein beliebtes Zahlungsmittel.)

»Das ist viel zu viel«, sagt er.

»Ich habe nichts anderes«, erwidere ich.

Ohne mir Wechselgeld zu geben, braust er davon. 50 Cent wären mehr als genug gewesen. Aber nach der langen Reise und alldem, was ich bei meiner Ankunft erlebt habe, ist mir das im Moment egal. Ich sehne mich nach meiner Tochter und meinen Eltern. Ich streife mir die Schuhe von den Füßen und gehe auf die Hütten zu. Die kleine werde ich mir mit meinem Bruder teilen, falls er eines Tages doch noch nach Hause zurückkehren sollte; in der etwas größeren schlafen meine Eltern, und in der, die dazwischensteht, bewahren wir unsere Lebensmittel auf, kochen wir und trocknen in der Regenzeit unsere Kleidungsstücke. Rund um die Hütten sind Felder, und dann kommen wieder Hütten, in der die Nachbarn wohnen. So ist unser Dorf eigentlich über weite Strecken auseinandergedehnt. Wir haben viel Platz. So, wie wir es gewohnt sind. So, wie wir Acholi unseren Freiraum brauchen. Zum Atmen. Zum Wohlfühlen. Wir können nicht eingeengt leben. Und wenn wir es müssen, so wie in den Jahren im Flüchtlingslager, dann leiden wir. Oder sterben. Wie viele von uns. Manchmal frage ich mich, ob das die eigentliche Absicht der Regierung war, als man uns zwangsumgesiedelt hat, was ja auch die Vermutung meines Vaters war, dass man uns vernichten wollte. Aber warum?, frage ich mich. Was haben wir denn getan? Aber fragen sich das nicht auch andere Völker, die ausgerottet wurden? Was haben sie verbrochen? Außer am Leben zu sein. Wir sind bestimmt nicht das erste Volk, das so etwas erlebt hat. Und wir werden sicher auch nicht das letzte sein.

Meine Eltern erkennen mich fast nicht wieder. Und ich sie auch nicht. Ich denke an das Sprichwort, dass es eines Dorfes bedarf, um ein Kind großzuziehen, was ich jetzt als Unsinn abtue, denn in Wirklichkeit bedarf es einer Familie, um einem Kind das für sein Leben notwendige Fundament mit auf den Weg zu geben.

Wie soll es sonst lernen, was es heißt, eine glückliche Ehe zu führen, sich einem anderen Menschen verpflichtet zu fühlen, für ihn Verantwortung zu übernehmen, ihm Würde und Selbstachtung zu schenken? Es ist nicht richtig, das auf andere zu schieben, zu denken, irgendjemand wird sich schon um mein Kind kümmern, nein, es ist die Aufgabe der Eltern, es ist meine Aufgabe, dies Maria zu lehren, bevor es zu spät ist und sie innerlich zerbombt wird, so, wie ich es bin.

Ein Kind lernt durchs Beobachten. Mechanisch. Instinktiv. Natürlich. Es muss seinem Umfeld trauen, um sich selbst eines Tages glauben zu können. Noch, so hoffe ich jedenfalls, ist Maria rein. Noch hat sie diese Reinheit nicht verloren, die wir als Erwachsene in uns so sehr vermissen. Die Reinheit ist Gottes Geschenk, und wir treten sie mit Füßen, immer wieder. Ich muss Maria schützen. Bei dem Gedanken daran kommen mir die Tränen. Ich habe meine Tochter so sehr vermisst, und ich wünschte, ich könnte ihr mehr von meinen Gefühlen zeigen, mein Herz öffnen, sie in meine Seele lassen, doch ich bin reserviert, zurückhaltend und scheu. Selbst oder gerade Maria gegenüber. In der Gegenwart meiner Eltern kann ich (meist) meine Gefühle zeigen. Denke ich zumindest. Womöglich habe ich Angst davor, dass meine Tochter den Respekt mir gegenüber verliert, wenn sie mich weinen sieht. Oder sie sich vor meinen Tränen fürchtet. Ich weiß es nicht. Es ist, als ob meine Emotionen bis zu einem gewissen Grad an die Oberfläche kämen, dann aber anhielten und ich sie wieder verschlucken würde. Ich kann nicht über meinen eigenen Schatten springen. Und wenn ich ganz, ganz ehrlich mit mir bin, dann kommt mir Maria auch manchmal wie eine fremde Person vor, losgelöst von mir und meinem Leben. Ich weiß, das klingt hart, aber es ist, was es ist. Dabei liebe ich sie so sehr. Obwohl ich mir manchmal die Frage stelle, ob ich mir diese Gefühle nicht nur einbilde, weil ich sie als Mutter fühlen muss, oder ob sie wirklich vorhanden sind. Es hat sie mir ja nie jemand erklärt, und über wahre Empfindungen spricht bei uns ja niemand. Vielleicht hat mich das schon immer zur Außenseiterin gemacht und meine Zeit als Kindersoldatin war nur ein Zwischenfall inmitten meines Daseins.

* * *

»Die Regierung ist wie eine große Firma«, sagt mein Vater, als wir am Feuer sitzen.

Er riecht wieder nach Alkohol. (Warum?) Ich bin traurig darüber, überspiele aber meine Stimmung. Maria knuddelt mit dem mitgebrachten Plüschtier. Ihr Mund ist verschmiert. (Nutella!) Meine Mutter reibt sich ihre Beine mit Franzbranntwein ein, der ihre Muskeln entspannt. (Ein totaler Erfolg.)

»Man will uns Straßen bauen. Man will uns verteidigen. Eine Toilette für jeden Acholi. Wir freuen uns. Wir erklären uns dankbar. Wie Kinder. Seit wann kann unsere Regierung Straßen bauen? Oder Toiletten? 20 Jahre lang hat man uns nicht verteidigt. Und plötzlich will man das können«, schimpft er.

»Nun guck dir doch mal die schönen Geschenke an, Okello Joseph«, versucht meine Mutter meinen Vater zu beruhigen.

Sie hat keine Chance. Mein Vater steht auf. Seine Beine zittern.

»Wie soll die Regierung unsere Armut bekämpfen? Wie? Sie verkauft uns eine Illusion. Das Ende von Gier und Ausbeuterei? Man schafft uns aus dem Weg, weil man Öl gefunden hat. Das ist alles. Investoren mögen keine Flüchtlinge. Investoren mögen keinen Krieg. So was sieht in den Medien schlecht aus. Deshalb hat man uns geholfen. Nicht, weil wir Menschen sind. Das Kapital hat gesiegt. Kein Volk kann ein anderes erziehen, am wenigsten durch eine Armee«, sagt er und geht.

»Komm nicht zu spät nach Hause, Okello Joseph«, ruft meine Mutter ihm mit einem Lächeln hinterher. (Meine Mutter ist nicht autoritär. Ich wünschte aber, sie wäre es.)

Meine Mutter, Maria und ich bleiben zurück. Vielleicht ist das auch gut so. Drei Frauen. Drei Generationen. Ich fühle mich wohl. Auch ohne Männer.

»Wann hat Vater wieder angefangen zu trinken?«, frage ich meine Mutter.

»Dein Vater ist ein guter Mann«, antwortet sie.

»Ich weiß«, sage ich und frage erneut: »Warum trinkt er wieder?«

»Weil niemand auf ihn hört. Deshalb. Hope, meine Beine, ich fühle mich wie ein junges Mädchen. Erzähl mir mehr von den *Munos*«, wechselt meine Mutter das Thema.

Ich tue ihr den Gefallen und berichte von meiner Reise und vermisse die heile Welt, in der ich für wenige Wochen zu Gast sein durfte. Aber verstehen Sie mich nicht falsch.

Ich möchte nicht, dass Sie Mitleid mit mir haben. Ich leide ja nicht. Ich bin nur nervös. Wegen meiner Zukunft, sodass ich mich immer wieder wegen meiner Ungeduld schäme. Oder wegen der Grausamkeit, die über meinem Land liegt, und die einen Menschen zur Reizbarkeit treiben kann, weshalb er am liebsten im Boden versinken würde.

Im Allgemeinen bin ich aber nicht unglücklich. Dafür gibt es zu viel zu tun. Ich muss mein Leben in den Griff bekommen. Seit meiner Zeit bei den Rebellen und nach all den Toden, die ich mitgestorben bin, all den Freunden, die ich verloren habe und die unschuldiger gewesen sind als ich, seitdem hat sich in mein Erleben eine Bedrücktheit eingeschlichen, sind Schmerzen und Unbequemlichkeiten losgetrennt von meinem eigentlichen Lebensgefühl.

Dieses Lebensgefühl ist im Grunde aber auch Glück oder ein Schimmer Optimismus. Es ist etwas Heiles, das schon viel ist. Das Wort, das mir dafür einfällt, ist Vertrauen. (Ein schwermütiges Verwundern?) Am meisten wundert mich, dass mir nichts mehr geschehen kann. Obwohl ich mich immer wieder irre. Wie in dieser Nacht, wo alles so friedlich scheint, aber nicht bleiben soll.

Mein Vater kommt spät nach Hause. Er hat mit seinen Freunden getrunken. Er taumelt in unsere Hütte. Ich wache auf und sehe nur noch, wie er stolpert und in unsere Feuerstelle, auf der wir unser Wasser erwärmen, fällt. Die glühende

Holzkohle fliegt in alle Richtungen, verfängt sich in unseren Kleidungsstücken und in meinem offenen Koffer. Binnen weniger Sekunden brennt die ganze Hütte. Ich schaffe es gerade noch, Maria und meine Mutter aus der Hütte zu ziehen und das Geld zu retten, das ich unter meiner Strohmatte aufbewahrt habe. (Der Brief, den ich Maria geschrieben, aber letztendlich doch nicht geschickt hatte, verbrennt ebenfalls.) Mein Vater kriecht uns auf seinen Knien hinterher. Seine Hose brennt. Er reißt sie sich von den Beinen. Und so stehen wir dann vor unserer brennenden Hütte, die für mich immer etwas geheimnisvoll Verlebtes, etwas tröstlich Vergängliches hatte.

Ich blicke in die Leere des Himmels. Der Rauch verfängt sich im Mangobaum. Die Hütte stürzt ein, und mir kommt es vor, als ob mein Leben in sich zusammenfiele. In diesem Augenblick wird mir bewusst, dass diese schäbige Hütte mehr gewesen ist als nur ein Lebensraum. Für mich hat sie die Zukunft repräsentiert, den Frieden und unsere Heimkehr, allen Zerstörungsnachrichten zum Trotz. Ich stehe davor und starre in die Ruinen, und meine Hoffnung auf ein friedliches Leben verlässt mich. Alles ist vernichtet. Auch mein Reisepass, die Eintrittskarte in eine wünschenswertere Welt.

Ich blicke mich um. Maria weint. Meine Mutter wimmert. Sie ist entblößt. Ihre schlaffen Brüste hängen wie Waschlappen an ihrem Körper. Mir fällt auf, dass sie ihre Zahnbürste in der Hand hält. Wie eine Flagge. Mein Vater ist ebenfalls so gut wie nackt. Er hat Verbrennungen an den Armen und den Beinen. Sein Haar ist wirr und zerzaust.

»Es tut mir leid. Es tut mir so leid«, stammelt er immer wieder.

Ich beobachte, wie er vor lauter Scham oder Furcht vor unserer Reaktion auf den Boden uriniert und anfängt zu heulen. Wie ein kleines Kind. Meine Eltern sehen aus wie traurige und entkräftete Menschen im freien Fall. Wie ein trostloses

Nachher-Foto aus einer Illustrierten. (Aber haben sie vorher wirklich besser ausgesehen?)

Am kommenden Morgen beginnen wir mit dem Aufräumen. Die Nachbarn schauen uns zu. Helfen tut uns keiner. Jeder ist mit sich selbst beschäftigt. Ich liebe meine Eltern. Trotz ihrer Schwächen sind meine Mutter und mein Vater immer meine Vorbilder gewesen, und irgendwie fühle ich mich für sie verantwortlich. Schließlich habe ich ihnen mein Leben zu verdanken. Und einmal fast das Leben meines Vaters geraubt. Sollte es von daher nicht auch selbstverständlich sein, dass ich ihnen jetzt helfe? Ich gebe meinen Eltern einen Teil des Geldes, das ich mir für mein Medizinstudium erarbeitet habe. Meine Mutter will es zunächst nicht annehmen, aber sie hat keine Wahl. Wir leben heute und nicht morgen. Mein Abitur mache ich erst in zwei Jahren. Wer weiß, was bis dahin noch alles passiert. Und irgendwo müssen wir ja schließlich leben.

»Wir stehen immer hinter dir, Hope«, sagt mein Vater, während er das Geld zählt.

Ich nicke artig und hoffe, dass ich eines Tages tatsächlich in einem Land aufwachen werde, das auch mir eine zweite Chance geben wird.

»Wir hatten eine Pechsträhne, aber mit Gottes Hilfe werden wir es schon schaffen«, sagt meine Mutter, und ich schlucke meine Enttäuschung runter.

Was bleibt mir auch übrig? Was hätten Sie getan? Ich meine, ich muss doch dankbar dafür sein, dass ich meine Eltern noch habe. Sie hätten in dem Feuer sterben können. Und meine Tochter. Maria ist alles, was ich wirklich zum Glück brauche. Trotz all meiner Zweifel. Natürlich ist es nicht gerecht, dass ich meine Zukunft aufs Spiel setze. (Nicht fair.) Aber wenn ich zwischen Gerechtigkeit und meiner Familie wählen müsste, dann würde ich mich immer wieder auf die Seite meiner Familie stellen.

»Hör zu, Maria«, sage ich zu meiner Tochter, »wenn du eines Tages alt genug bist, dann verdien dein eigenes Geld. Das Leben ist viel einfacher, wenn du Geld hast.«

Maria versteht mich nicht. Sie ist noch zu jung. Aber irgendwann muss ich ja anfangen, sie zu erziehen, sodass sie eines Tages auch ohne mich zurechtkommt. Meine Eltern werden nicht für immer leben, und wie schnell alles vorbei sein kann, habe ich ja jetzt erst wieder gesehen.

»Verlass dich nur auf dich selbst«, sage ich zu ihr. »Und bleibe dabei ein guter Mensch.«

Wir werden es schon schaffen, rede ich mir meine Situation (mal wieder) schön, und am darauffolgenden Tag beginnen wir mit dem Neubau. Selbstverständlich bleibt das nicht unbemerkt.

Die Leute fangen an, sich zu fragen, woher wir das Geld haben. Zweifelsohne ist mein Vater stolz auf mich. Er gibt mit mir an. Ich kann es ihm nicht übel nehmen. Was er mit seiner Prahlerei indes anrichtet, macht alles nur noch schlimmer. Da ist zum Beispiel Vetter Paul. Vetter Paul braucht einen neuen Pflug.

»D-d-das L-l-land bestellt si-si-sich ja ni-ni-nicht v-v-von selbst, Hope«, stottert er.

Ich kaufe ihm einen neuen Pflug.

»U-u-und d-d-die Sch-sch-schulgebühren f-f-für meine Ki-ki-kinder?«, fragt er anschließend.

»Vetter Paul ist kein guter Mensch«, sage ich zu meinem Vater.

»Aber er gehört zu uns«, antwortet er.

Also komme ich für Vetter Pauls Pflug und die Schulgebühren seiner Kinder auf. Und wie aus dem Nichts tauchen nun unvermittelt andere Verwandte auf, die sich vorher nie für uns interessiert haben. Sie alle brauchen etwas. Geräte für die Feldarbeit, Kleidung, Nahrung, Medizin. Binnen weniger Tage ist mein Erspartes futsch, und ich bin wieder so arm wie vor meiner Abreise nach Deutschland.

Der Journalist wäre jetzt bestimmt sauer auf mich. Aber was soll ich tun? Wie kann ich mich gegen diesen Druck wehren? Ich kann das Geld doch nicht eigennützig für mich behalten.

»Gut gemacht, Hope«, sagt mein Vater, als wir wenige Tage später vor unserer neuen Hütte stehen.

Was von seinen Worten bei mir ankommt, löst eine tiefe Erschütterung in meiner Seele aus, obwohl ich weiß, dass ich mich nicht hinter meinem Selbst verschanzen darf. Ich bin für mein Volk verantwortlich. Das heißt: für meine Eltern, deren Nachfahre ich bin, und für Maria, die mein Nachkömmling ist. Trotzdem kann ich mich von diesem Gewissenszwang nicht befreien. Nur mit der Freiheit des Einzelnen ist noch kein Leben möglich. Der Einzelne ist nur er selbst, wenn auch der andere er selbst ist. Dazu braucht er Hilfe. Miteinander bauen wir so nicht nur die Welt unseres materiellen Daseins auf, sondern den Geist und die Sitten unserer Gesellschaft. Im Sinne Gottes. Ich bin, weil es meine Eltern gibt. Meine Tochter ist, weil es mich gibt. Ist das nicht der Sinn des Lebens? Dass wir versuchen müssen, das Leben fortzusetzen? Unter welchen Umständen auch immer. Ist das nicht Gottes Geschenk an uns? Was brauchen wir mehr?

»Der Einzelne ist machtlos. Er braucht auch den öffentlichen Geist, der ihn trägt«, weiß meine Mutter.

»Ich verstehe«, antworte ich, »aber wie kann der Einzelne die übermäßige Härte seiner Existenz ertragen? Kann er sich damit abfinden?«

»Durchhalten, Hope, durchhalten. So haben wir Frauen das immer gemacht. Du bist nicht anders. Du bist nichts Besonderes. Das musst du verstehen. Du bist wie alle anderen auch. Und das ist gut so«, sagt sie.

* * *

Während meiner ersten Nacht in unserer neuen Hütte begegnet mir mein vermisster Bruder im Traum. Ich kann mich heute nur noch schemenhaft daran erinnern, so wie man Träume ja meist schnell wieder vergisst. Aber seine Worte klingen noch immer in meinen Ohren. James spricht von zwei Engeln, von wunderschönen Engeln, die nach seinem Tod neben ihm standen und zauberhafte Lieder sangen. Sie haben ihn mitgenommen. Mit in eine heilige Stadt, die atemberaubend sei, und dass ihm dort Jesus begegnet wäre. Dass die Erde immer kleiner geworden sei und sich der Himmel vor seinen Augen geöffnet habe. Dass alle Menschen dort glücklich seien, es keine Schmerzen mehr gebe und er auf mich warte. Dass er in ein warmes Licht eintauche und mich nun nicht mehr sehen könne, die Musik lauter werde und er sich unermesslich freue. Dass er mich noch ein letztes Mal in seine Arme nehmen möchte. Er aber warten müsse, bis meine Zeit gekommen sei.

Als ich aufwache, erzähle ich meiner Mutter von diesem Traum. Sie weint. Doch noch ist sie nicht bereit, sich von meinem Bruder zu verabschieden. Sie will sein *Tipu*, seine Seele, noch nicht beerdigen. Meine Mutter braucht noch Zeit. Ich verstehe das und entscheide mich in diesem Moment, der Zeit nicht mit Verwünschungen entgegenzutreten, sondern mit friedlicher Arbeit, die versucht, das Vorhandensein einer anderen Welt darzustellen, ihre Dauer aufzuzeigen, etwas Sinnvolles für meine Gesellschaft zu leisten, mit den Mitteln, die mir zur Verfügung stehen.

Ich entschließe mich, die Schule zu beenden und Krankenschwester zu werden. Das Studium kann warten, nein, es muss warten. Ich strenge mich an, überspringe sogar eine Klasse und mache schließlich das Abitur als die Beste meines Jahrgangs. Ich freue mich sehr. Besonders weil ich die Abschiedsrede halten darf. Noch nie ist das vorher einem Mädchen erlaubt worden.

Mein Vater hat sich bei den Dorfältesten für mich eingesetzt. Ich glaube, er hat versucht, etwas wiedergutzumachen.

Es fällt mir aber immer schwerer, in meinen Vater hineinzublicken. Ich weiß, dass ich ihn Stück für Stück verliere. Dass er in einer anderen Welt lebt, zu der ich keinen Zugang habe. Manchmal wird mein Vater so grundlos wütend, dass wir uns vor ihm fürchten. Dann wieder ist er sanft wie ein Lamm, spielt mit Maria, massiert die Beine meiner Mutter und spricht leise mit ihr. Oft vergisst er auch seinen eigenen Namen oder verläuft sich im Dorf. Dann müssen wir ihn stundenlang suchen. Die Leute im Dorf glauben, dass mein Vater langsam den Verstand verliert, dass er verrückt wird. Ich will das nicht wahrhaben. Kurz bevor ich meine Rede halte, bedanke ich mich bei ihm. Seine Augen sind glasig und rot.

»Vergib mir, Tochter, dass ich alles falsch gemacht habe«, sagt er. »Als Vorbild habe ich versagt. Ich war unzureichend und scheinheilig. Ich hätte dir sagen sollen, dass unsere Zeit fast vorbei ist, und ich habe dich nur mit meiner Wichtigtuerei, Redseligkeit und Aufdringlichkeit belästigt. Doch du warst höchst geduldig mit mir.«

»Du bist was? Du bist ein guter Vater«, antworte ich ihm.

»Wirklich?«, möchte mein Vater von mir wissen.

»Wirklich«, versuche ich ihm wenigstens ein Stückchen Selbstbewusstsein zu geben.

Er nickt genügsam.

* * *

Mit Tränen in den Augen trete ich vor die Schüler und Lehrer und beginne meine Rede.

»Ich kann schon jetzt sagen, dass unsere Toten nicht umsonst gefallen sein dürfen«, sage ich. »Es muss doch eine positive Erkenntnis daraus möglich sein. Doch die Voraussetzung dafür ist, dass wir unser neues Leben nicht gleich wieder mit einer Lüge beginnen. Wie mit unserem letzten Selbstbetrug. Und dem Selbstbetrug davor. Wir müssen heute der Wahrheit unerschrocken und aufrichtig ins Auge schauen. Nur so können wir die unmenschliche Bestialität, die über unser Land gekommen ist, für immer und ewig ausmerzen. Wir dürfen nicht nach den anderen schielen, ob diese nicht auch ein Unrecht begangen haben, sondern müssen vor unserer eigenen Tür kehren. Fegen wir also endlich die Lüge fort und öffnen unsere Herzen für den Gedanken der Humanität, der nicht feige der Verantwortung für begangene Taten auszuweichen sucht.«

* * *

Ich blicke mich zu meinem Vater um. Er ist bereits verschwunden und kehrt erst spät am Abend zurück. Erschöpft legt er sich in unsere Hütte. Er riecht nach Alkohol und Zigaretten.

»Schlaf dich erst mal aus«, sage ich zu ihm.

»Diese Selbstzerstörung, Hope, die zu ihrer Widersprüchlichkeit geführt wird, sie wird sich schließlich an sich selbst erschöpfen«, sagt er bei klarem Verstand.

»Ist schon gut«, antworte ich und streichle seinen Kopf.

»Was ich mich frage, Hope: Wie konnte es zu der Herrschaft des Teufels kommen? Unsere Leben sind doch nicht frei erfunden. Wir existieren«, sagt er.

»Versuch zu schlafen, Vater«, beruhige ich ihn.

»Ich fürchte den Tod nicht, meine Tochter. Ich bin reich an Leben, an Sinnlichkeit und Gott. Vermutlich bin ich nur überwältigt von dieser Schuld. Sie hat meine Lebenslust zerbrochen«, sagt er und wendet mir den Rücken zu.

Mein Vater beginnt zu zittern. Er weint. Schließlich dreht er sich wieder zu mir um.

»Jahrelang haben wir geschwiegen. Weil die Dorfältesten es so wollten. Niemand hat uns angefleht, endlich zu reden. Dabei haben wir doch etwas zu sagen. Gerade ihr, die Jugend. Hope, du musst weitersprechen«, sagt mein Vater.

»Dann geh du morgen mit mir zu den Dorfältesten und überzeuge sie«, schlage ich vor.

Mein Vater atmet tief aus und schließt die Augen.

Am nächsten Tag stehen wir vor ihnen. Ich bin nervös. Kann ich noch eine Niederlage hinnehmen? (Könnten Sie das?) Mein Vater ergreift das Wort:

»Hope und viele andere junge Menschen haben die geistigen Werte unserer Gesellschaft um sich zerbrechen sehen. Was sie von den Eltern gelernt haben, Moral, Religion, die Zehn Gebote, nichts gilt mehr, zerschlagen durch den Krieg. Recht ist nicht mehr Recht. Wir sind enttäuscht. Enttäuscht über das maßlose Unglück, das uns betroffen hat. Lasst uns endlich unser Schweigen brechen. Ich appelliere an euren Verstand. Wir wollen nicht mehr länger abseits stehen. Wir fühlen uns berufen, nein, Hope fühlt sich berufen, an der Neuprägung unseres Lebens und unseres Landes mitzuarbeiten. Lasst sie endlich ihr Stück aufführen und den Menschen die Wahrheit zeigen!«, sagt er.

Der Sprecher der Dorfältesten, der Mann, der mich vor einigen Jahren hat abblitzen lassen, grinst mich an, ohne auf Vaters Worte einzugehen.

»Wir wussten gar nicht, dass du so berühmt bist, Hope«, sagt er.

»Ich bin nicht berühmt«, erwidere ich. »Ich bin nur ich.«

»Die Regierung in Kampala hat uns kontaktiert. Der deutsche Präsident will dich sehen«, sagt er.

Mein Vater blickt mich fragend an.

»Da muss eine Verwechslung vorliegen«, sagt er. »Meine Tochter kennt keine Politiker.«

Die Dorfältesten lachen.

»Ich glaube, dass es tatsächlich an der Zeit ist, dass du deine Theatergruppe wiederbelebst und eine hübsche Aufführung für den Präsidenten der *Munos* organisierst. Und sei nett zu ihm. Damit er uns hilft«, sagt der Sprecher.

Meiner Vater und ich kehren zurück zu unserer Hütte. Mein Vater ist fassungslos.

»Der Präsident. Unglaublich«, sagt er immer wieder.

Später finde ich heraus, dass Horst Köhler, der deutsche Bundespräsident, mein Buch gelesen und bei seinem Besuch in Uganda darauf bestanden hat, mich kennenzulernen, was für einige diplomatische Verwicklungen sorgte, weil die Regierung in Kampala ihm nicht die andere Seite des Landes, also die Kriegsseite, zeigen wollte. Doch der Präsident hat sich nicht darauf eingelassen und seinen Kopf durchgesetzt.

Ich habe zwei Wochen Zeit, ein Theaterstück zu proben, um es ihm zu präsentieren. (Können Sie sich vorstellen, wie nervös ich bin?)

Ich finde einige Mädchen, die bereit sind, dem Staatsgast unsere Geschichte zu erzählen. Jeden Tag proben wir. Mir ist es wichtig, ihm kein Folklorestück zu zeigen, sondern mit Hilfe meiner Darstellerinnen das, was uns im Busch widerfahren ist. In drei kurzen Akten: die Entführung, die Zeit im Busch und die Rückkehr in unsere Heimat.

Für die Feier des Tages, nein, was rede ich denn, das größte Ereignis seit mehr als 20 Jahren, näht mir meine Mutter ein neues Kleid. Ich glaube, dass sie noch aufgeregter ist als ich.

»Du glaubst doch nicht, dass der Präsident zu uns zum Essen kommen will, Hope?«, fragt mich meine Mutter.

»Bestimmt nicht«, sage ich. »Ich glaube auch nicht, dass er allein kommt.«

»Meinst du, er bringt seine Frau mit?«, fragt sie.

»Ach, Mutter«, sage ich.

Als Horst Köhler in Gulu landet, ist er selbstverständlich nicht allein. Dutzende von anderen Gästen begleiten ihn. Es sind *Munos*, Politiker aus Kampala und viele Journalisten, die Fotos machen und eifrig Notizen aufschreiben. Die Dorfältesten sind sehr daran interessiert, sich gemeinsam mit dem Präsidenten ablichten zu lassen. Ich halte mich zurück. Ich fühle mich sehr schüchtern an diesem Tag. Erst nach meinem Theaterstück, das ein totaler Erfolg ist, werde ich Horst Köhler vorgestellt. (Protokoll ist sehr wichtig bei uns.)

Ich habe den Eindruck, dass er sehr bewegt ist von unserer Geschichte. Der Präsident hat einen festen Händedruck und einen warmen Blick. Ich fühle mich sofort wohl in seiner Gegenwart.

»Du bist eine gute Schauspielerin, Hope«, sagt er.

»Ich lerne noch«, sage ich.

»Ich auch«, sagt der Präsident.

Wir gehen spazieren. Allein. Andere sind nicht zugelassen. Der Präsident möchte ungestört mit mir sein. Ohne Blitzlichtgewitter und neugierige Reporter. Er stellt mir Fragen über mein Leben, meine Familie und wie ich die Zukunft meines Landes einschätze. Aus der Ferne sind alle Augen auf mich gerichtet. Ich will den Präsidenten nicht mit Details langweilen, aber merke schnell, dass er wirklich Interesse hat. Also erzähle ich. Von meiner Zeit bei den Rebellen, im Flüchtlingslager, meinem Besuch in Deutschland und dass ich bald eine Lehre anfangen werde. Aber ich sage ihm auch, was mir wirklich am Herzen liegt.

»Ich glaube, das Problem ist, dass wir reden, aber aneinander vorbeihören«, erkläre ich ihm unsere derzeitige Situation ehrlich.

»Das kommt mir bekannt vor«, sagt der Präsident und dankt mir für mein Buch.

»Sie danken mir?«, frage ich verblüfft.

»Selbstverständlich. Du hast der Welt viel gegeben. Du hast einen Dialog ins Leben gerufen. Wegen dir bin ich hier. So beginnt Partnerschaft«, sagt er.

Ich nicke langsam. Dann muss der Präsident wieder abreisen. Ich hätte gerne noch mehr Zeit mit ihm verbracht. Wir reichen uns die Hände.

»Darf ich Ihnen noch eine Frage stellen?«, sage ich.

»Absolut«, antwortet der Präsident.

Ich berichte ihm, dass ich den Eindruck habe, dass der Tod von Soldaten, und letztendlich sind wir Soldaten gewesen, wenn auch Kindersoldaten, mehr und mehr verklärt wird, dass es unter uns sogar schon Menschen gibt, die diese Tode romantisieren, einen Mythos errichten, dass diese Kinder für Gott und ihr Land gestorben seien, für einen guten Zweck, für ihr Volk, für die Acholi. Der Präsident blickt mich lange und ernst an.

»Im Neuen Testament steht, was ihr dem Geringsten meiner Brüder getan habt, das habt ihr mir getan«, sagt er schließlich. »Ich werde alles dafür tun, dass Kinder nicht mehr als Soldaten missbraucht werden. Das kannst du mir glauben. Der Tod ist nie romantisch, und ihn historisch zu benutzen, um daraus Politik zu machen, ist schlicht falsch.«

An diesem Tag hat sich etwas entschieden für mich geändert. Ich habe neue Kraft geschöpft, weil ich gelernt habe, dass ich nicht allein bin, dass es eine Welt gibt, die mir zuhört und die das, was ich, nein, was wir durchgemacht haben, verstehen möchte. Einige von uns gewöhnen sich tatsächlich daran, mit der Vergangenheit zu leben, sie zu ignorieren. Aber bleibt es dann nicht so, wie es ist?

Die Dorfältesten irren sich, wenn sie ihre Augen verschließen und sich hinter ihren Traditionen verstecken. Sie haben doch keine Ahnung, dass wir bis zu unserem Tode von den

Geistern der Vergangenheit heimgesucht werden, auch wenn wir nach außen eine Rolle spielen, die unsere Tradition spiegelt. Wir essen das Gleiche, wir atmen die gleiche Luft, wir singen die gleichen Lieder, wir erzählen uns die gleichen Geschichten, aber wir sind nicht gleich. Es muss doch irgendwo auch einen Raum geben, um als Einzelner zu leben, ohne die Gruppe zu verraten, die Familie, das Volk. (Meinen Sie nicht auch?)

* * *

Die kommenden drei Jahre verbringe ich in Gulu, wo ich mich zu einer Krankenschwester ausbilden lasse. Vor dem Vorstellungsgespräch bin ich total nervös. Es gibt mehr als 500 Bewerber, aber nur zwölf Lehrstellen. Wenn ich auf Fragen antworte, gucke ich meinen späteren Ausbildern direkt in die Augen. Ich sitze gerade und spiele nicht mit meinen Fingern oder bin zappelig. Ich berichte, dass ich belastbar bin und gut mit Stress umgehen kann, dazu erledige ich meine Aufgaben immer korrekt. All das stimmt ja auch.

»Ich bin sehr zuverlässig«, sage ich.

»Welche Schwächen hast du?«, fragt mich ein Ausbilder.

»Ich weiß es nicht«, antworte ich wahrheitsgemäß. »Das wird sich zeigen, wenn ich im Beruf bin.«

»Ich sehe in deinem Lebenslauf, dass dort eine große Lücke ist«, fährt der Ausbilder mit seinen Fragen fort.

Ich erinnere ihn an den Krieg und dass wir, als wir noch in unseren Dörfern lebten, nicht in die Schule gehen konnten. Da der Mann ursprünglich aus Kampala stammt, hat er glücklicherweise keine Ahnung von der Wirklichkeit in Norduganda und fragt nicht weiter nach. Es scheint ihn auch nicht besonders zu interessieren. Was in diesem Fall ein großer Vorteil für mich ist. Wer will schon eine ehemalige Kindersoldatin zur Krankenschwester ausbilden? Also erwähne ich dieses

Detail (?) in meinem Leben erst gar nicht. Anschließend fragt er mich, ob ich schon Kinder habe. Ich lüge nicht und berichte ihm voller Freude von meiner Tochter Maria. Er lächelt.

»Meine Schwester ist auch alleinerziehende Mutter. Ich weiß, wie schwer das ist«, sagt er verständnisvoll.

»Hast du noch Fragen zur Ausbildung, Hope?«, fragt er mich am Ende unseres Gesprächs.

»Ja«, sage ich, »gibt es viele Krankenschwestern, die später noch Ärztin geworden sind?«

Der Ausbilder lächelt.

»Nein«, sagt er. »Du hast viel vor.«

»Das stimmt«, antworte ich.

»Sehr gut«, sagt er. »Wir brauchen ambitioniertes Personal. Eine Frage habe ich noch.«

»Ja?«, antworte ich.

Das Herz rutscht mir fast in die Hose. Was kommt denn jetzt? Weiß er etwas über mich, was ich nicht ahnen kann? Hat er möglicherweise mit anderen Menschen über mich gesprochen? (Immer wieder plagt mich diese Furcht. Vielleicht halte ich mich deshalb von Menschen fern.)

»Warum sollen wir ausgerechnet dir eine Ausbildungsstelle geben? Wo es so viele andere Bewerber gibt. Krankenschwester ist ein beliebter Beruf. Ein Beruf mit Zukunft. Was macht dich besonders?«, fragt er.

Was macht mich besonders?, stelle ich mir die gleiche Frage. Gar nichts eigentlich. Ich will ja auch nichts Besonderes sein. Nur ein Mädchen, nein, eine junge Frau, die überlebt und ihre Tochter großzieht.

»Weil ich hier meinen Traum realisieren möchte und nicht aufgeben werde«, erwidere ich schließlich.

* * *

Die Ausbildung ist anspruchsvoll. Sie ist wirklich anstrengend und reibt mich auf. Der Schwerpunkt liegt auf der Krankenpflege und der Hygiene, die ganz groß geschrieben werden. Ich lerne viel über Anatomie, Innere Medizin und Krankheitslehre. (Gray's Anatomie, das Lehrbuch, hilft mir sehr.) Außerdem werden wir in Pädagogik und Psychologie geschult. Ich höre zum ersten Mal von der Posttraumatischen Belastungsstörung PTBS und versuche, mich so gut es geht in die Materie einzulesen. Leider haben wir keine moderne Bibliothek, und das Internet funktioniert auch nur sporadisch. Das meiste Lehrmaterial kommt aus Großbritannien. (Uganda ist heute wieder ganz verrückt nach der Königin, und viele meinen, dass es während der Kolonialzeit doch eigentlich gar nicht so schlecht gewesen sei, weil Ruhe und Ordnung geherrscht hätten.)

Ich lerne sehr viel von den erfahrenen Krankenschwestern. Von ihnen stehle ich. Mit den Augen. Zum Beispiel, wie man Spritzen setzt und einen Verwundeten richtig hebt und umbettet. Das kostet viel Kraft. Ich stelle mich sehr geschickt an. Meinen alle, als ich endlich mit Hand anlegen darf.

Nebenbei arbeite ich als Zimmermädchen, Putzfrau und Kellnerin. Ich kann mir ein kleines Zimmer leisten, später meine eigene Hütte am Stadtrand von Gulu. Maria gebe ich in ein katholisches Internat. Hier ist meine Tochter erst mal gut aufgehoben, bis ich genug Geld verdiene, um sie wieder zu mir zu holen. Meinen Eltern kann ich nicht zumuten, dass sie sich um Maria kümmern. Sie haben ihre eigenen Probleme. Maria scheint das zu verstehen. Die Schwestern sind gut zu ihr. Es gibt viele andere Kinder dort. Das Leben hinter den hohen Mauern, unter den Augen Gottes, ist intakt. Auch dafür bin ich der Kirche dankbar. Ich bete täglich mehrere Gebete, um Gott meinen Dank zu zeigen.

Ich lerne fleißig. Ich verpasse nie den Unterricht. Ich bin eine gute Schülerin. Von meiner Vergangenheit spreche ich nie. Ich fange gewissermaßen ein neues Leben an. Mal wieder. Mittlerweile müsste ich mich schon daran gewöhnt haben. Aber es fällt mir nach wie vor schwer. Ich kontrolliere zwar meinen Selbsthass und schlage mich nicht mehr, dafür leide ich unter Hypervigilanz, finde ich in einem Buch heraus.

Hypervigilanz steht für erhöhte Wachheit. Das heißt, ich kann selten schlafen und bin trotzdem immer erhöht aufmerksam, ja, hellwach.

»Bist du eigentlich nie müde?«, fragt mich eines Tages einer meiner Mitschüler.

»Nie«, antworte ich ihm wahrheitsgetreu.

»Das ist gut«, sagt er. »Ich wünschte, mir würde es genauso gehen.«

Sein Name ist Samuel. Er ist 23, also knapp zwei Jahre jünger als ich. Ich verliebe mich in Samuel. Wegen einer seiner Gesten: wenn er sich mit den Fingern über die Augenbrauen fährt. Mehr ist es nicht. Wirklich. So, wie sich Teenager wohl verlieben. Ich weiß es nicht.

Wir sind beide im ersten Ausbildungsjahr. Weil Samuel, der nicht unbedingt ein Musterschüler ist, Schwierigkeiten hat, dem Biologieunterricht zu folgen, helfe ich ihm regelmäßig. Ich mag seine Gesellschaft. Irgendwie erinnert er mich an meinen Bruder, der auch nie lernen wollte und lieber in der Gegend herumstreunte und Unsinn machte, so, wie Jungs halt sind.

»Wirkstoffe, die natürlich oder synthetisch produziert werden und die Entwicklung von anderen Mikroorganismen hemmen oder abtöten können, heißen?«, frage ich ihn vor einem Test.

»Hormone?«, fragt Samuel zurück.

»Hormone«, sage ich. »Bist du sicher?«

»Nein«, antwortet er.

»Antibiotika«, sage ich. »Antibiotika!«

»Ach ja«, sagt er und lässt seine Finger erneut über die Augenbrauen fahren.

Ich grinse ihn an, und meine Knie werden weich wie Butter.

Samuel besteht die Prüfung. Er lädt mich in ein Restaurant zum Essen ein. Es ist mein erstes Rendezvous in meinem Leben. Samuel bestellt für uns. Huhn und Reis. Alles ist sehr steif. Ich schweige. Wir trinken Coca Cola.

»Magst du kein Bier?«, frage ich ihn.

»Ich bin ein Christ«, antwortet er mir. »Und du?«

»Ich trinke auch nicht«, sage ich.

»Gut so«, lächelt er mich an.

Die Kellnerin bringt unser Essen. Ich schnappe mir gleich ein Hühnerbein und will voller Lust hineinbeißen, da sehe ich, wie Samuel seinen Kopf über den Teller hängt und anfängt zu beten.

»Herr, segne unser Essen und uns, vergib unsere Sünden, mach uns rein«, murmelt er.

Schließlich richtet er sich auf, blickt erst mich entsetzt an, dann das Hühnerbein, das halb in der Luft schwebt, wieder mich und wendet sich darauf seinem Teller zu.

»Entschuldige«, sage ich leise.

»Kein Problem«, knirscht Samuel und nimmt sich sein Besteck.

Ich schäme mich, bin aber auch genervt von Samuels Verhalten. Ich stehe auf, winke einen Straßenhändler heran und kaufe mir eine Zigarette. Der Straßenhändler zündet sie für mich an. Ich setze mich wieder zu Samuel.

»Zigaretten bringen dich um«, sagt er schnippisch.

»Das Leben bringt dich um«, huste ich ihn an. (Ich habe noch nie zuvor in meinem Leben geraucht und werde es mit Sicherheit auch nicht wieder tun.)

»Was sind Leukozyten?«, ärgere ich Samuel und mache die Zigarette aus.

»Was sind was?«, fragt er mich.

»Leukozyten«, wiederhole ich mich.

»Keine Ahnung«, sagt er.

»Weiße Blutkörperchen«, sage ich. »Leukozyten sind weiße Blutkörperchen. Und du willst Krankenpfleger werden? Hast du dir das auch wirklich richtig überlegt?«

Samuel scheint sich einen Augenblick lang zu schämen. Jetzt tut er mir leid.

»Würdest du weiter mit mir lernen? Ich schaff das sonst nicht«, sagt er betreten.

»Kein Problem«, antworte ich zufrieden. »Iss dein Huhn.«

Manchmal nimmt mich Samuel für meine Mühen als Belohnung mit ins Kino. Nun, Kino ist vielleicht zu viel gesagt. Es ist ein großer, dunkler Raum, in dem die Zuschauer auf Plastikstühlen sitzen und sich einen Film angucken, der auf eine graue Wand projiziert wird: *Vom Winde verweht* ist mein Lieblingsfilm. Ich verknalle mich total in Rhett Butler, doch sein will ich wie Scarlett O'Hara. Samuel findet den Film langweilig. (Er mag Filme wie *Rambo* und anderen Quatsch mit viel Blut und Gewalt.) Später, nachdem mich Samuel nach Hause gebracht hat, übe ich vorm Spiegel.

»Bei Gott, ich werde nie mehr hungern«, sage ich. Und: »Morgen ist ein neuer Tag.« Dabei versuche ich, Scarletts Südstaaten-Akzent nachzuahmen.

Bei einer unserer Verabredungen, ich glaube, dass es so knapp ein Jahr später gewesen ist, erzähle ich Samuel meine wahre Geschichte und von Maria. Er hört sich alles geduldig an, fragt nicht nach und sagt schließlich, er hoffe, dass Gott mir meine Sünden verzeihen möge.

»Willst du noch mehr Kinder haben?«, interessiert es ihn später.

Ich stutze.

»Vielleicht mögen wir keine Kinder und bilden uns diese Liebe nur ein. Das hindert uns aber nicht, welche zu bekommen. Und sie zu töten, nein, schlimmer noch, sie sich gegenseitig töten zu lassen. Würde diese Welt Kinder lieben, würde so was doch nicht geschehen, oder?«, frage ich ihn.

»Du willst also keine Kinder?«, sagt er.

»Worauf willst du hinaus?«, frage ich ihn.

»Ich will eine Frau, die Kinder liebt«, sagt er.

»Aha«, sage ich.

Wir schweigen und dann gehe ich aufs Ganze.

»Sag mal, Samuel«, fahre ich fort, »dürfte ich meinen Namen nach der Hochzeit behalten?«

»Wie?«, fragt er.

»Du hast mich verstanden. Möchtest du nicht meinen Namen annehmen?«, frage ich ihn.

»Deinen Namen?«, fragt er.

»Ja, meinen Namen. Dann würdest du verstehen, was mir mein Name bedeutet«, sage ich.

»Das geht nicht«, sagt er.

»Warum?«, frage ich ihn.

»Meine Eltern wären nie damit einverstanden«, sagt er.

»Deine Eltern wären nie damit einverstanden?«, frage ich.

Samuel nickt.

»Du hörst also immer noch auf deine Eltern?«, frage ich.

»Selbstverständlich«, antwortet er. »Traditionen sind wichtig.«

»Alle Traditionen?«, frage ich.

»Alle Traditionen«, sagt er. »Ohne Tradition sind wir was? Nichts.«

»Reicht es nicht, dass wir wir selbst sind?«, frage ich.

»Wie willst du das ohne Regeln sein?«, fragt er.

»Nicht alle Regeln sind gut«, sage ich.

»Glaubst du, fragt er.

»Ja«, sage ich.

»Nenn mir eine«, fordert Samuel mich auf.

Ich überlege.

»Dass Männer mehrere Frauen haben dürfen. Aber Frauen nur einen Mann. Das ist eine dumme Regel«, sage ich.

Samuel schweigt.

»Mein Vater hat gesagt, er würde mir zehn seiner Kühe geben. Für dich. Meinst du, deinem Vater wäre das genug?«, fragt er mich anschließend.

»Du hast schon geplant. Unsere Hochzeit? Ich rede doch nur so daher. Und überhaupt, du willst mich kaufen?«, frage ich.

»Was habe ich gerade gesagt? Es geht um Traditionen. Es geht immer um Traditionen. Es ist, was es ist«, sagt er.

Ich stehe auf. Manchmal ist es besser, nichts zu haben, als sich mit etwas Falschem abzufinden. Manchmal ist es besser, allein zu sein. (Wie viele Kühe sind Sie wert?)

»Du gehst?«, fragt er mich. »Bist du sauer?«

»Was glaubst du?«, frage ich ihn.

»Ich weiß nicht«, sagt er.

»Dann denk doch mal drüber nach«, sage ich.

»Ich habe eine Überraschung für dich«, sagt er wie aus heiterem Himmel.

»Was denn für eine Überraschung?«, bin ich neugierig.

»Wir fahren nach Kampala. Du und ich«, sagt er.

»Warum?«, frage ich.

»Na, weil das Endspiel der Fußball-WM ist, und das will ich auf einer großen Leinwand sehen. Wir fahren am Samstag hin und kommen Sonntag zurück. Schlafen können wir bei meinem Bruder. Was meinst du?«, fragt er. »Ist das nicht eine super Idee?«

Ich interessiere mich kein bisschen für Fußball, aber ich will Samuel, der sich so sehr freut, nicht enttäuschen. Deswegen lächle ich brav und sage: »Doch, Samuel, eine super Idee.«

In den zurückliegenden Wochen habe ich zwar immer wieder beobachtet, dass riesige Menschentrauben vor den Restaurants und Kneipen standen, um auf den wenigen Fernsehern Gulus die Fußball-WM zu verfolgen, habe mir aber nichts dabei gedacht und bin meines Weges gegangen. Wie gesagt, ich bleibe Menschen, insbesondere Gruppen, lieber fern.

Am frühen Morgen des 12. Juni 2010 treffe ich Samuel vor der Post, von wo aus der Bus nach Kampala abfährt. Es ist 5.30 Uhr und noch dunkel.

»Hast du gut geschlafen?«, fragt mich Samuel.

»Habe ich«, lüge ich ihn an.

Es ist eine Notlüge. Ich habe mal wieder kein Auge zugetan.

»Spanien gegen Holland«, lacht Samuel, »das wird ein aufregendes Spiel.«

Doch als der Bus um 8 Uhr noch immer nicht abgefahren ist, weil er einen Motorschaden hat, fällt Samuels Plan ins Wasser.

»Wir können das Spiel doch auch hier sehen«, sage ich pragmatisch. »Wir gehen früh genug in ein Restaurant, dann kriegen wir auch einen Platz.«

»Das ist nicht dasselbe wie auf einer großen Leinwand in Kampala«, sagt Samuel zerknirscht. »Es ist das Endspiel. Das gibt's nur einmal in Afrika. Du hast keine Ahnung, was es bedeutet, die Fußball-WM auf unserem Kontinent zu haben. Endlich gehören wir dazu, weißt du? Wir sind jemand. Wir werden wahrgenommen. Fußball ist wichtiger als alles andere.«

»Wichtiger als Freiheit?«, frage ich ihn und nehme sein trauriges Gesicht in meine Hände. Wir küssen uns. Es ist unser erster Kuss, der sich aber nicht als sehr geschmeidig erweist. Unsere Zähne knallen aufeinander. Samuels Zunge wackelt wie ein dicker Wurm in meinem Mund herum, und ich bin enttäuscht. Samuel scheint es aber zu gefallen. Er mag gar nicht aufhören. Ich lasse ihn weitermachen, kann mir aber nicht erklären, was an einem Kuss so wunderbar sein soll, wie ich gehört habe. (Schwester Betty ist ganz verrückt nach Küssen.)

* * *

Abends gehen wir gegen 19 Uhr ins Hotel Pearl Afrique, wo man einen Fernseher auf die Veranda gestellt hat. Selbstverständlich sind wir nicht allein. Hunderte von Zuschauern sind anwesend, die sich das Finale nicht entgehen lassen wollen. Ich komme mir vor wie in einer Sardinenbüchse. Samuel kauft uns eine Fanta. Wir teilen sie mit zwei Strohhalmen. Um 21.30 Uhr beginnt das Spiel. Die Stimmung ist ausgelassen. Alle sind im Fußballfieber. Selbst ich. Einige Leute haben sogar Vuvuzelas mitgebracht, riesige Blasinstrumente aus Plastik, die ordentlich Krach machen. Ich muss mir die Ohren zuhalten. Und lachen. Irgendwie ist alles wunderbar. Selbst Samuel scheint sich zu amüsieren. Auch wenn er nicht in Kampala ist. Bis gut eine Stunde später das Bild auf dem Fernsehschirm verschwindet. Aus aktuellem Anlass.

Etwas unvorstellbar Schreckliches ist passiert.

Der ugandische Sender NTV berichtet live von einem Bombenanschlag in der Hauptstadt, der sich vor wenigen Minuten in einem äthiopischen Restaurant zugetragen und bis dahin noch unzählige Fußballfans in den Tod gerissen hat. Wir sind sprachlos, fassungslos, machtlos, erschüttert, bestürzt. Nicht einmal eine Stunde später die nächste Nachricht. In einem Rugby-Club hat sich ein zweiter Selbstmordattentäter in die Luft gesprengt und ebenfalls Dutzende von Menschen getötet.

Insgesamt wird die Zahl der Opfer auf 74 steigen, die Zahl der zum Teil schwer Verwundeten geht in die Hunderte. Wieder holt mich der Wahnsinn ein, denke ich. Die Grausamkeit, der ich entflohen bin, die ich, die wir im Flüchtlingslager überlebt haben, hat ein neues Gesicht, das einer Fratze gleicht, der Fratze des Todes, mal wieder.

»Wir müssen helfen«, sage ich. »Wir müssen da hin.«

Samuel antwortet nicht, und ich weiß allemal, dass das auch nicht möglich ist. Statt also zu helfen, verfolge ich die Bilder im Fernsehen. Ich sehe weiße Plastikstühle, auf denen zerfetzte Menschen sitzen, blutüberströmt, ihnen fehlen Arme und Beine, dazwischen kauern weinende Menschen und Helfer, die versuchen, die Überlebenden zu bergen und Erste Hilfe zu leisten. Dabei kann ich die Furcht in ihren Augen erkennen, weil niemand weiß, ob es noch zu einem dritten Anschlag kommen wird oder was überhaupt passiert ist. Noch in der gleichen Nacht bekennt sich die islamistische Miliz al-Schabab zu den Anschlägen, weil Uganda an der Friedenstruppe der Afrikanischen Union in Somalia beteiligt ist.

»Feige Mörder«, sagt Samuel. »Das ist unser 9/11.«

Da mir der Journalist vor meiner Abreise aus Deutschland ja die Hintergründe von 9/11 erklärt hat, weiß ich, was hinter den Zahlen steckt, sonst hätte ich nichts damit anfangen können. 9/11 ist damals im Flüchtlingslager vollkommen an uns vorbeigegangen.

»Was sollen wir nun machen, Samuel?«, frage ich ihn.

»Nach den Tätern suchen und sie finden«, sagt er.

»Und dann?«, frage ich.

»Auge um Auge. Zahn um Zahn. So, wie es in der Bibel steht«, sagt er.

Ich bin mir nicht sicher, ob das der richtige Weg ist. Soll man die Auftraggeber für den Rest des Lebens ins Gefängnis stecken? Oder haben sie den Tod verdient? Wer soll darüber urteilen? Die Angehörigen der Opfer? Geschworene in einem Gericht? Ein unabhängiges Tribunal? Gott? Wer steckt hinter al-Schabab? Was überhaupt ist al-Schabab? Sind wir jetzt die Opfer von al-Schabab? Wie uns Joseph Kony zu Opfern machen wollte, uns zu Opfern gemacht hat? Wollen wir wieder Opfer sein? Schon wieder? Wehrlose Wesen, die man zur Schlachtbank führt. Wie Ziegen. Nein. Nein. Nein. Ich will nie wieder die Rolle des Opfers spielen.

Für mich ist es ein unsagbar ernstes Glück, leben zu dürfen.

Warum also beschützen wir uns nicht selbst? Warum lassen wir uns alles gefallen? Wann ist der richtige Zeitpunkt, unsere Führer aufzufordern, sich endlich um unsere Sicherheit zu kümmern und nicht nur ihre eigenen Interessen zu verfolgen? Wer passt auf uns auf? Wenn nicht die Regierung?

Ich habe gehört, man hat Öl gefunden. Bei uns. Am Albertsee. Die Leute sprechen darüber und fragen sich, wer das Geld aus der Förderung bekommt. Wir? Oder ist es die Regierung in Kampala? Oder sind es gar die *Munos*, die Weißen, die die Technik haben, um an das Öl zu kommen, die sich ihre Villen auf unserem Land bauen, sich hinter Zäunen und Mauern verbarrikadieren, weil sie nichts mit uns zu tun haben wollen, weil sie Angst vor uns haben, weil wir für sie Wilde sind, Eingeborene, Unmenschen, die sich gegenseitig töten, die unzivilisiert sind, nur, weil wir anders sind, weil wir schwarz sind, weil wir uns anders kleiden, anders essen, anders lieben. Sehen sie deswegen unsere Tränen nicht, weil ihnen unsere Gesichter fremd sind? Hören sie uns deshalb nicht zu, sondern stellen nur Ansprüche? Ist unser Blut nicht genauso rot wie ihr Blut? Warum machen wir uns das Leben gegenseitig so schwer? Warum töten wir uns? Doch nicht wegen Gott. Gott kann das doch nicht von uns wollen. (Was willst du von uns, Gott?)

Ich habe Fragen über Fragen und keine Antworten. Es gibt sie uns ja auch keiner. (Wird Ihnen die Wahrheit gesagt?)

Meine wirren Gedanken schlagen Purzelbäume in meinem Kopf, während ich die Toten im Fernsehen betrachte, die mir irgendwie aber auch so unecht vorkommen. Warum? Weil ich Schlimmeres gesehen habe? Weil ich Schlimmeres getan habe? Plötzlich wird es dunkel. Der Fernseher geht aus. Stille umgibt mich, umgibt uns. Wir schweigen. Stromausfall.

Einige Tage nach dem Anschlag erzählt mir Samuel, dass die internationalen Medien kaum darüber berichtet hätten. Ich frage ihn, woher er das wisse.

»Google doch mal selbst«, antwortet er. »Wäre das Attentat in Paris oder in London passiert, hätte es längst einen neuen Krieg gegeben. Aber so? Ein paar tote Afrikaner interessieren die Welt nicht. Unser Leben ist nichts wert.«

»Das glaube ich nicht«, sage ich. »In Gottes Augen sind wir alle gleich.«

»Gott hat damit nichts zu tun«, fährt Samuel mich an.

»Sondern?«, frage ich.

»Rassismus«, fasst Samuel den Anschlag vom 12. Juni 2010 für sich zusammen.

* * *

Gut eineinhalb Jahre später machen wir beide unsere Prüfung. Ich mit Auszeichnung. Samuel im letzten Drittel unseres Jahrgangs. Samuels Abschlussfeier findet bereits zwei Tage vor meiner statt. Ich schenke ihm einen Taschenrechner. Zu meiner Abschlussfeier kommt Samuel nicht. Er hat anderweitig zu tun. Sagt er. Ich frage nicht weiter nach. Die Festlichkeit ist nicht weiter der Rede wert. Ich erhalte ein Zertifikat und als Beste der Klasse eine Uhr aus Metall, die ich bereits erwähnt habe. Ich sehe Samuel mehrere Wochen lang nicht und finde mich schon fast damit ab, dass ich ihn vergessen muss. Irgendwie passten wir nicht zusammen. Doch plötzlich ist er wieder da und wieselt sich erneut in mein Leben. Er findet keinen Job, und ich nehme an, er spürt, dass es nicht viele Männer gibt, die sich für mich interessieren. Um ehrlich zu sein, es gibt niemanden. Er bittet mich um Geld. Ich lehne ab. Samuel gehört nicht zu meiner Familie. Ich bin nicht seine Frau. Samuel akzeptiert meine Entscheidung.

* * *

Das erste Gehalt von meiner neuen Anstellung als Krankenschwester in Gulu benutze ich dafür, zu meinen Eltern zu fahren und ihnen Geschenke zu bringen. Muskelentzerrende Creme für meine Mutter, Hustensaft für meinen Vater.

»Ich bin bereit«, sagt meine Mutter.

Ich weiß, was sie meint. Wir beerdigen meinen Bruder. Das heißt, seine Seele. Sein *Tipu*. Gemeinsam schaufeln wir ein symbolisches Grab und wünschen ihm Frieden. Meine Mutter, mein Vater und ich. Dann fahre ich zurück nach Gulu. Als ich mich für die Nachtschicht zurechtmache, ruft Samuel an.

»Ich habe lange über alles nachgedacht«, sagt er.

»Ja?«, frage ich.

»Ich will dich heiraten. Trotz allem«, sagt er.

»Trotz allem?«, frage ich.

»Ja. Du bist eine gute Frau. Ich will, dass du meine Ehefrau Nummer zwei wirst. Du bist eine Krankenschwester, du bist praktisch veranlagt. Das ist gut, wenn ich mal nicht da bin, um zu helfen. Das kommt dir doch sicher auch entgegen. Kinder habe ich dann mit Ehefrau Nummer eins. Du willst ja doch keine haben. Dann reden die Nachbarn auch nicht«, sagt er.

»Was meinst du mit Ehefrau Nummer eins?«, frage ich.

»Ich habe geheiratet«, sagt er.

»Du hast was?«, frage ich ihn.

»Geheiratet. Habe ich dir das nicht erzählt?«, sagt er.

»Nein«, antworte ich.

Ich falle aus allen Wolken. Samuel hat mich geküsst. Mehrfach. Er durfte mich berühren. Wir haben all diese Zeit zusammen verbracht, gemeinsam gelernt, ohne mich hätte er die Prüfung nie bestanden. Wir haben diesen schrecklichen Anschlag zusammen erlebt. Wenn auch aus der Ferne. Trotzdem haben wir gemeinsam gelitten und getrauert. Und nie hat Samuel mir etwas von einer anderen Frau gesagt. Warum? Warum hat er mich angelogen? Warum hat mir Samuel nicht die Wahrheit gesagt?

»Es war eine schöne Hochzeit. Ich dachte, ich hätte dir davon berichtet«, lügt er mich dreist an.

»Ruf mich später wieder an. Ich muss los«, sage ich.

Mir ist schlecht. Mein Herz pocht. Meine Hände zittern. Meine Kehle ist trocken. Ich möchte heulen vor Wut und vor Enttäuschung. Ich schlucke meine Gefühle runter. Wie immer. So, wie ich es gewohnt bin. Durchhalten, Hope, durchhalten. Es wird besser. Eines Tages wird alles gut sein. Vertraue dir selbst. Vertraue keinem anderen Menschen. Du wirst ja doch immer nur enttäuscht.

»Ist da jemand anderes, Hope?«, wird Samuel jetzt auch noch wütend. »Ich dulde keine anderen Männer.«

»Nein«, sage ich, lege auf und übergebe mich.

Als ich meine Schicht in der Unabhängigkeitsklinik beginne, ruft er erneut an.

* * *

»Ruf mich morgen früh an. Dann gebe ich dir eine Antwort.«

Er schweigt.

»Ich muss arbeiten. Wirklich. Verstehst du?«, rechtfertige, nein, verteidige ich meine letzten beiden Sätze.

»Schön. Wie du willst«, sagt er eilig.

Offenbar ist er von mir genervt. (Wie so oft.) Die Verbindung wird unterbrochen. Bar jedes Gedankens blicke ich auf mein Handy. Ich lege es auf die Fensterbank.

* * *

Und so sitze ich hier, es ist mittlerweile fast sechs Uhr morgens, langsam geht die Sonne auf, und ich erzähle Ihnen meine Geschichte und überlege mir, was ich Samuel antworten soll. Wie würden Sie sich entscheiden? Anders gefragt: Wie würden Sie sich entscheiden, wenn Sie ich wären? Denn stellen Sie sich vor, Sie wären allein, kein Mann würde Sie wollen, weil Sie schmutziges Material sind. Weil Sie ein uneheliches Kind aus dem Busch mitgebracht haben. Weil Sie getötet haben. Weil Sie Sie sind. Das Leben allein ist nicht lustig. Und irgendwann braucht Maria einen Vater, irgendwann muss ich ihr sagen, dass Okello Joseph, also mein Vater, nicht ihr Vater ist. Eine alleinerziehende Mutter in Uganda ist nichts wert. Wie soll ich mich also entscheiden?

Das Telefon klingelt. Ich blicke aufs Display und lese Samuels Namen. Er will es wirklich wissen, denke ich. Bevor ich das Gespräch aber entgegennehmen kann, kommt es draußen zu einem Tumult. Ein *boda-boda* rast durchs Tor. Drei Männer haben sich auf das Motorrad gequetscht. Einer von ihnen ist offenbar verletzt. Die anderen beiden schleppen ihn in die Klinik. Ich springe auf und renne ihnen entgegen. Samuel muss warten.

»Schnell, ein Arzt. Wir brauchen einen Arzt!«, ruft einer der Männer.

»Was ist passiert?«, rufe ich ihnen entgegen.

Der junge Mann, schätzungsweise 14, also eher noch ein Junge, ist aus dem Südsudan nach Uganda geflohen. Dort hat er als Kindersoldat gegen die Truppen des Nordens gekämpft. Er ist ein Luo.

»Ich bin geflohen. Sie haben auf mich geschossen«, stammelt er.

»Wie ist dein Name?«, frage ich ihn.

»Martin«, sagt der Junge.

»Wir bringen ihn in den Operationssaal«, befehle ich.

Die Männer gehorchen.

»Ich will nicht sterben. Die Erde ist so hart und unbequem«, stammelt Martin.

»Ich weiß«, sage ich.

Mehrere Kugeln haben sein linkes Bein durchsiebt. Die Wunde sieht böse aus. Er hat viel Blut verloren. Wenn er jetzt in ein Koma fällt, dann verliere ich ihn. Ich muss Martin bei Bewusstsein halten. Das ist mein Job. Dafür habe ich mich entschieden. Was ich bei seinem Anblick empfinde, ist Nebensache. Welches Chaos in meinem Leben herrscht, geht nur mich etwas an. Es darf meine Konzentration nicht beeinflussen. Mein Herz muss warten.

»Ich bin so müde«, keucht der Verwundete.

»Du bleibst schön wach«, sage ich, während die Männer ihn auf den Operationstisch hieven.

»Ich will nur ein bisschen schlafen«, jault er.

Ich schlage ihm mit der Handfläche ins Gesicht. Es ist verschwitzt. Die Männer gucken entsetzt. Martin ist nun hellwach.

»Was soll das?«, schreit er.

Seine Brust ist mager. Er ist völlig dehydriert. Martin riecht nach Krieg. Ich kenne diesen Geruch nur zu gut. Ich erinnere mich an meine Zeit im Busch. Ich muss jetzt bei klarem Verstand bleiben. Es reicht, wenn Martin unter Schock steht.

»Ihr haltet ihn fest, klar?«, fahre ich die beiden Männer an.

Sie nicken stumm.

Ich rufe Dr. Franklin an. Niemand nimmt ab. Ich wasche mir die Hände. Mein Telefon klingelt. Endlich, denke ich, Dr. Franklin. Pech gehabt. Es ist Samuel. Ich habe keine Ahnung, warum, aber ich nehme ab.

»Was ist denn nun?«, fragt er entnervt.

Ich lege auf.

Wir haben keine Betäubungsmittel. Trotzdem muss ich irgendwie die Geschosse aus seinem Bein kriegen. Es sind bestimmt alte Geco-Patronen gewesen, die sein Bein zerfetzt haben, und die in Europa von Jägern benutzt werden. Mangelhafte Ware schafft es irgendwie nach Afrika. Darüber hinaus waren die Patronen höchstwahrscheinlich schmutzig und haben sein Blut vergiftet.

»Du bist kein Arzt«, schreit der Junge mich an.

»Das stimmt. Aber ich bin der einzige Mensch, der dir jetzt helfen kann«, sage ich.

»Du bist doch nur ein Mädchen«, keucht Martin.

»Genau«, sage ich und blicke mich im OP um.

Wonach suche ich jetzt eigentlich?, denke ich. Dann sehe ich einen Schlauch. Er ist so dick wie ein 50-Cent-Stück. Das könnte gehen, entscheide ich.

»Was hast du vor?«, grölt der Junge.

Ich schneide den Schlauch in zwei Stücke.

»Willst du dein Bein behalten?«, frage ich ihn.

Er nickt.

»Do ut des«, sage ich.

»Was?«, sagt er.

»Ich gebe, damit du gibst«, antworte ich. »Ist lateinisch.«

Die eine Hälfte des Schlauchs klemme ich zwischen seine Zähne.

»Ordentlich reinbeißen, hörst du?«, ordne ich an.

Den anderen Männern gebe ich die Anweisung, ihn gut festzuhalten.

Mit der anderen Hälfte des Schlauchs sauge ich die Geschosse an und pule sie dann vorsichtig mit einer Pinzette aus den Wunden, wobei Martin laut summt und den Kopf hin und her wirft. Gut 30 Minuten später bin ich fertig. Ich wasche die Verletzung aus und verbinde sie notdürftig, damit sich Dr. Franklin das Bein später genauer ansehen kann.

»Wie lange bist du so unterwegs gewesen?«, frage ich den Jungen.

»Drei Tage«, antwortet er.

»Dann war Gott sicher auf deiner Seite«, sage ich.

Erneut klingelt das Telefon. Es ist Samuel. Ich nehme ab.

»Moment. Ich melde mich gleich«, sage ich und verlasse den OP.

»Wie heißt du?«, fragt mich der Junge.

»Christine Hope«, antworte ich. »Meine Freunde nennen mich Hope.«

»Was soll ich dir denn jetzt geben, Hope?«, fragt er.

»Was meinst du?«, frage ich zurück.

»Ich gebe, damit du gibst«, sagt er.

Ich lache.

»Hast du schon. Danke«, sage ich und verlasse den Raum.

Draußen brennt mir die Sonne in die Augen. Es ist ein neuer Tag. Es ist ein wunderschöner Morgen. Ludmilla kommt auf ihrem Fahrrad angesaust. (Sie misstraut den *boda-boda*.)

»Wie gjeht's, mein En-gel?«, begrüßt sie mich.

Viel mehr kann Ludmilla nicht sagen. Ich mag sie trotzdem. In der Ferne sehe ich, wie sich schon die ersten ihrer Engel des Tages der Klinik nähern. Ich winke Ludmilla zu und lächle freundlich. Dann ziehe ich meine Schuhe aus und spiele mit den Zehen im roten Sand. Von der Nacht ist er noch kühl und frisch. Wie ein neuer Anfang.

Wenig später kommt Dr. Franklin aufs Gelände gefahren. Schwester Betty ist bei ihm. Beide sehen müde aus.

»Alles gut, Hope«, ruft Dr. Franklin mir zu.

»Alles wunderbar, Dr. Franklin«, rufe ich zurück.

Ich blicke auf das Telefon in meiner Hand. Ich muss eine Entscheidung treffen, aber eigentlich habe ich dies ja schon längst getan.

Nicht für Gott und mein Land. Nein. Für Gott und mich.

Ich weiß, wofür ich kämpfe.

Wissen Sie das auch?

EPILOG

Joseph Kony. Eine Spurensuche

Wer ist Joseph Kony? Um diese Frage zu beantworten, fahre ich am 31. März 2012, einem Samstag, nach Odek, einem Dorf in Norduganda, in dem Kony geboren wurde. Um möglichst unabhängig zu sein, miete ich mir einen Wagen. Auf einen Übersetzer verzichte ich. Ich will den Menschen, die dem Anführer der Widerstandsarmee des Herrn nahestanden oder es vielleicht heute noch tun, allein gegenübertreten. Ohne störende Entourage.

Ich lasse mir beschreiben, wie ich am besten nach Odek komme. Auf meiner Ugandakarte ist das Dorf nämlich nicht eingezeichnet. Odek ist unbedeutend.

»Richtung Osten. Immer geradeaus«, weist mir ein Mann in Gulu den Weg.

»Wie lang ist die Fahrt?«, frage ich ihn.

»Zwei Stunden, vielleicht anderthalb«, antwortet der Mann. »Achte auf den Hügel. Du kannst Odek nicht verfehlen.«

Vier Stunden später sehe ich in der Tat einen Hügel und bin offensichtlich am Ziel. Es ist zehn Uhr morgens. Ich parke meinen Wagen an der Hauptstraße, sogleich kommen Kinder angerannt und begrüßen mich mit den Worten: »Gib uns Geld, *Muno*, gib uns Geld.«

In der Sprache der Acholi ist ein *Muno* ein Weißer oder Fremder, von denen sich bislang nur wenige nach Odek verirrt haben. Warum auch? Odek ist ein armes Dorf ohne fließendes Wasser und Elektrizität wie fast alle Gemeinden im ländlichen Uganda. Und wäre Odek nicht der Geburtsort des Mannes, der dafür verantwortlich ist, dass zwischen 1987 und 2007 mehr als 70 000 Jungen und Mädchen zu Kindersoldaten abgerichtetet wurden, hinzugerechnet die 1,5 Millionen Binnenflüchtlinge, wäre ich heute gewiss auch nicht hier.

»Kennt ihr Joseph Kony?«, frage ich die Kinder.

»Joseph Kony ist mein Onkel«, sagt ein schätzungsweise achtjähriger Junge.

»Tatsächlich?«, antworte ich. »Ist dein Vater zu Hause?«

Der Junge greift meine Hand und schleift mich mit sich. Das fängt ja gut an, denke ich, während die anderen Kinder uns folgen und ihren einstudierten Satz skandieren: »Gib uns Geld, *Muno*, gib uns Geld.«

Konys Bruder sitzt vor einer Hütte und hört Radio. Er begrüßt mich freundlich, stellt sich vor, und nachdem auch ich mich vorgestellt und mein Anliegen vorgetragen habe, bittet er mich, Platz zu nehmen. Sein Name ist Moses Kony. Ein Mann mittleren Alters. Er bietet mir eine Tasse Wasser an, die ich gerne annehme, dann folgt ein langes Schweigen.

»Die Welt sagt, dass mein Bruder was ist? Ein Terrorist? Nun, er ist, was er ist. Also gibt er der Welt Terrorismus. Aber ich sage dir, er ist kein Terrorist. Er ist ein Held«, sagt Moses schließlich mit einer eigentümlichen Logik.

Blicken wir einige Jahrzehnte zurück. 1961 wird Joseph Kony in Odek geboren. Zur gleichen Zeit hält sich Elvis Presley mit seinem Song *Are You Lonesome Tonight* auf Platz 1 in den US-Charts. Deutschland baut eine Mauer, und Großbritannien erlaubt Uganda die ersten freien Wahlen. In Odek hat sich seitdem nichts verändert.

Kony wächst unter erbärmlichen Umständen auf und zeigt keinerlei Interessen. Er lebt in den Tag hinein, malt Bilder, schreibt Gedichte, singt Kirchenlieder und macht sich als Ministrant unentbehrlich. Seine Eltern geben ihn früh auf. Sie sind heute beide verstorben.

»Aus dem Jungen wird nie was«, soll sein Vater immer wieder gesagt und sich doch geirrt haben.

1986 gründet seine Tante Alice Lakwena die *Bewegung des Heiligen Geistes*, um gegen die Regierungstruppen aus Kampala zu kämpfen, die die Acholi unterdrücken. Kony ist von ihr begeistert. Eine Frau, jung und hübsch, die Macht über andere hat, für Kony ist das Neuland. Das will er auch. Macht haben. Über Menschen. Nur wie? Er klettert auf einen Hügel bei Odek und empfängt seiner Überlieferung nach dort den »Heiligen Geist«, der ihm befiehlt, die Acholi zu befreien. Er gründet die *Widerstandsarmee des Herrn*, sammelt elf Jünger um sich und zieht mit ihnen in den Krieg, um seine Tante zu unterstützen. Kony wird ihr Protegé. In jeglicher Hinsicht.

Doch bereits ein Jahr später gibt Alice Lakwena den Kampf auf, und Kony, der sich binnen eines Jahres zu ihrem Nachfolger hochgearbeitet hat, übernimmt einen Großteil der Truppen, etwa 20 000 Soldaten, und macht weiter, unterstützt von Vincent Otti, der für die Logistik verantwortlich ist, wohingegen sich Kony um die »geistliche« Motivierung kümmert. Er will Uganda nach den Zehn Geboten und den Lehren des Alten Testaments führen. Alice Lakwena stirbt 2007 in einem UN-Flüchtlingslager in Kenia, wo sie Asyl gefunden hat. Sie ist 51 Jahre alt.

Zunächst sind die Acholi von Kony begeistert, ist er doch auf ihrer Seite und will ihnen ein besseres Leben bringen. Doch der Kampf gegen die moderne Armee des Südens erweist sich als schwierig, ja aussichtslos. Mehr und mehr Soldaten desertieren, verlieren die Lust am Krieg und wollen lieber ihre Felder bestellen. Das Volk hungert, und Konys Lebensinhalt schwindet dahin. Er beginnt, die Acholi regelrecht zu hassen. Er empfindet sie als schwach, als Feiglinge, die in seinem neuen Gottesstaat keinen Platz haben. Bereits Mitte der 1990er-Jahre beginnen er und seine Führungsriege, die Kinder der Acholi zu entführen und zu Soldaten auszubilden, um so den Krieg letztendlich zu gewinnen. Sein Motto lautet: »Wenn ich untergehe, dann gehen alle unter.«

2005 leitet der Internationale Gerichtshof in Den Haag Ermittlungen gegen Kony ein. Es wird ein Haftbefehl erlassen. Es gibt 33 Anklagepunkte, darunter fallen Verbrechen gegen die Menschlichkeit und Kriegsverbrechen: Versklavung, Zwangsprostitution, Vergewaltigung, vorsätzliche Tötung und die Zwangsrekrutierung von Kindern.

2007, um von der *Widerstandsarmee des Herrn* noch zu retten, was zu retten ist, unternimmt Vincent Otti einen Putschversuch gegen Kony, wird aber kaltblütig von ihm getötet. Bis heute duldet Kony weder Widersacher noch Widerspruch.

»Und all das soll nicht wahr sein?«, frage ich seinen Bruder.

Moses lächelt.

»Über dem Kopf meines Bruders hängt was? Keine dunkle Wolke«, sagt er, »nicht mal ein feiner Nebel. Der Sturm ist vorbeigezogen. Der Himmel ist wieder blau. Das Schlimmste haben wir verhindert.«

»Was ist mit den Opfern?«, frage ich.

»Blick dich um. Was siehst du hier? Siehst du Opfer?«, fragt mich Moses Kony.

Ich sehe Dutzende von Kindern, die im Kreis um uns sitzen und uns gespannt zuhören, an Zuckerrohren nagen, die Fliegen verjagen.

»Ihr, die Weißen, urteilt über meinen Bruder. So, wie es euch gefällt. Nicht einmal die Regenzeit kann die Trauer über den Verlust eines Kindes wegwaschen. Als ehemaliger Soldat ist die Quelle meiner Informationen was? Immer das Leben, nie ein Gerücht. Gehen wir spazieren. Dann sind wir ungestört«, sagt er und steht auf.

Moses scheucht die Kinder fort und nimmt mich mit zu dem Hügel, auf dem Kony der »Heilige Geist« begegnet sein soll.

»Denken alle so wie du?«, frage ich ihn.

»Alle«, antwortet Moses voller Überzeugung und fügt hinzu: »Kannst du klettern?«

Schon wenige Augenblicke später bedaure ich meine Bejahung. Über eine Stunde brauchen wir, um das glatte Massiv zu erklimmen, und ich verfluche jede Zigarette, die ich in meinem Leben geraucht habe. Die stechende Sonne brennt in meine Augen. Immer wieder rutsche ich ab. Schweiß sickert in mein durchnässtes Hemd. Meine Hände sind von den Dornen der Büsche zerkratzt.

»Es ist nicht einfach, ein Heiliger zu werden. Man muss bereit sein, einen Preis zu zahlen«, grinst mich Moses Kony an.

Als wir schließlich oben ankommen, steht mir der Atem still. Ich blicke auf das Tal rund um Odek. Alles sieht ruhig und friedlich aus. Göttlich fast, als ob von hier nie etwas Schlimmes ausgegangen wäre.

»Ich will nicht sagen, dass du ignorant bist«, sagt Moses zu mir, »aber ein wenig ahnungslos doch.«

Ich blicke ihn an.

»Warum?«, frage ich nach.

»Unsere Gesellschaft ist so«, sagt er.

»Wie ist eure Gesellschaft?«, frage ich.

»Wir brauchen was? Die Kinder. Während der Regenzeit müssen wir stärker sein. Die Kinder verstehen das. Sie sind bereit, alles für uns zu geben. Ich persönlich mag das ja nicht. Aber mein Bruder wird seinen Weg gehen. Er hat eine Aufgabe. Er wird sie beenden«, sagt Moses.

»Wann hast du ihn zum letzten Mal gesehen?«, frage ich ihn.

Moses berichtet, dass er seinen Bruder im November 2010 in Khartum besucht habe, um ihm eine seiner Lieblingsfrauen zu bringen.

»Wie viele Frauen hat dein Bruder?«, frage ich Moses.

»Um die 100. Hast du nur eine?«, fragt mich Moses.

»Ja«, antworte ich.

»Das tut mir leid«, sagt Moses und berichtet weiter, dass sein Bruder bereits seit 2008 im Palast von Präsident Umar al-Baschir gelebt habe, um sich dort auf seinen neuen Feldzug vorzubereiten, den er jetzt von der Demokratischen Republik Kongo aus fortsetze. Mit einer kleineren Armee. Eine Art von Guerillakrieg.

»Ich habe Gerüchte gehört, die besagen, dass dein Bruder Al-Qaida-Terroristen ausbildet. Stimmt das?«, frage ich.

»Wir kratzen uns noch immer unsere Köpfe. Wir kennen keinen Al-Qaida. Al-Qaida, wer ist das?«, fragt mich Moses.

»Das ist nicht dein Ernst?«, frage ich zurück.

»Ach, ihr Menschen aus der westlichen Welt. Ihr denkt euch immer wieder neue Feinde aus. Erst waren es die Muslime, die ihr mit euren Kreuzzügen vernichten wolltet. Dann kamen die Kommunisten, die habt ihr dann schön auf unserem Kontinent bekriegt. Jetzt sind es Islamisten, die euch eure Welt wegnehmen wollen. Immer wieder neue Feinde. Und wenn ihr keine Feinde außerhalb eurer Länder findet, dann sucht ihr sie bei euch zu Hause. Könnt ihr nicht einmal in Frieden leben? Kony wollte immer nur was? Frieden. Frieden für sein Volk, das ihn verraten hat, weil es schwach ist, weil es meinen Bruder nicht verdient. Er hat sein Leben für seine Menschen aufs Spiel gesetzt. Er tut es noch heute«, sagt Moses.

»Warum ist er nicht im Sudan geblieben, statt zurück in den Busch zu gehen? 20 Jahre Krieg müssen einen Mann doch ziemlich ausmergeln. Zumal er in Khartum in Sicherheit war«, sage ich.

»Um die Wahrheit zu sagen«, erwidert Moses, »die Beziehung zwischen al-Baschir und meinem Bruder war was? Sie war am Ende angelangt. Das passiert manchmal.«

Konys *Widerstandsarmee des Herrn* wurde jahrlang von Khartum finanziell unterstützt. Die Rebellen dienten al-Baschir im

Sezessionskrieg gegen den Südsudan. Als die Unabhängigkeit des Südsudan aber in greifbare Nähe rückte, löste sich diese Zweckbeziehung auf.

»Sprichst du manchmal mit ihm?«, frage ich Moses.

»Jede Woche. Er ruft an und erkundigt sich nach meiner Familie und wie es den Kindern geht«, sagt Moses mit einem Lächeln und fügt hinzu: »Ich muss dir was erklären. Wenn du nicht herumgehst und jedem erzählst, wie sehr du dich geirrt hast, dann passiert was? Keiner wird ahnen, wie schwerwiegend deine Fehler waren. Wie kannst du sonst überleben?«

Joseph Kony erfindet sich also neu, versuche ich die Worte von Moses zu entschlüsseln. Anschließend beginnen wir mit unserem Abstieg vom Hügel, und Moses Kony lädt mich zum Essen ein. Es gibt Bohnen, Reis, und weil ich ein Gast bin, wird ein Huhn frisch geschlachtet.

»Du kennst doch sicher die Geschichte von Che«, sagt Moses.

Auf seinem Schoß sitzt der Junge, der mich zu ihm geführt hat. Moses streichelt seinen Kopf.

»Che Guevara?«, frage ich.

Moses nickt.

»Du weißt doch bestimmt auch, dass Che eine Zeitlang im Kongo war«, sagt er.

Ich erinnere mich an die Geschichte. Che Guevara wollte im Kongo eine Revolution nach kubanischem Vorbild anführen. Da die Rebellen rund um Laurent Kabila seiner Meinung nach aber nicht lernfähig waren, kehrte er 1965 enttäuscht nach Kuba zurück.

»Joseph Kony wird der nächste Che Guevara?«, frage ich konsterniert.

»Viele Menschen sagen, dass Che Guevara was war? Ein Massenmörder. Trotzdem verehrt man ihn. Er ist unsterblich. Allgegenwärtig. Ein Mythos. Sein Bild ist auf Postern. Auf

Wänden. Seien wir realistisch. Versuchen wir das Unmögliche«, sagt Moses.

»Und dein Bruder arbeitet daran, ein Mythos zu werden«, frage ich rhetorisch.

»Vielleicht ist es wahr. Mit Sicherheit weiß ich es nicht. Ich weiß nur eines, die Welt hilft ihm dabei. Er wird dämonisiert. Er wird verdammt. Also wird er auch verehrt. Ein Mann ohne Feinde ist was? Ein Mann ohne Charakter«, sagt Moses und wirft den Hunden einen Hühnerknochen zu, die sogleich anfangen, darum zu kämpfen.

Nach dem Essen spaziere ich durch Odek und spreche noch mit vielen anderen Menschen, die Kony persönlich kennen oder irgendwie mit ihm verwandt sind. Direkt oder um tausend Ecken. Ich höre kein böses Wort über den Mann, der Norduganda in ein unbeschreibliches Unheil geführt hat, unter dem mittlerweile schon drei Generationen gelitten haben und weitere vermutlich folgen werden. Sind diese Menschen wirklich der Meinung, dass Joseph Kony ihr Messias ist, der sie in eine angenehmere Welt führt? Sind sie in der Tat willens, dies mit ihrem Leben zu bezahlen oder das Leben ihrer Kinder dafür zu opfern? Oder steckt etwas anderes dahinter? Die Angst vor Rache. Eine alte Frau bringt es für mich auf den Punkt.

»Joseph Konys Geist ist unter uns. Er beobachtet unser Leben. Was ist, wenn er eines Tages zurückkommt? Er ist ein starker Mann. Aber er hat auch *Cen* in seinem Herzen, den bösen Geist. Wir müssen vorbereitet sein. Auf alles«, sagt sie.

Ich fahre zurück nach Gulu. Erst nach Einbruch der Dunkelheit erreiche ich die Stadt, die eigentlich nichts weiter ist als ein Riesendorf, doch mir in diesem Moment wie eine echte Metropole vorkommt.

In *BJ'z*-Bar, einer lokalen Oase für durstige Journalisten und Nothelfer, treffe ich mich auf ein *Nile*-Bier mit dem 30-jährigen James, der in Gulu geboren und aufgewachsen, aber bereits vor vielen Jahren nach Belgien ausgewandert ist, wo er ein Medizinstudium abgeschlossen hat und heute als Psychiater arbeitet. Wir stoßen an, und ich berichte ihm von meinem Tag in Odek.

»Ich erkenne meine Leute kaum wieder«, sagt er. »Mir kommt es vor, als ob der Krieg ihnen nicht nur die Vergangenheit geraubt hätte, sondern auch die Gegenwart und die Zukunft nähme.«

Seiner professionellen Beobachtung nach leiden die meisten Menschen unter dem, was Mediziner als Posttraumatische Belastungsstörung bezeichnen, kurz PTBS. Eine PTBS folgt einem traumatisierenden Ereignis, beispielsweise einer Gewalttat, und tritt in der Regel innerhalb von einem halben Jahr nach dem Erlebnis auf.

»Man fühlt sich hilflos, das Selbstwertgefühl ist erschüttert, man versteht die Welt nicht mehr«, erklärt mir James die Folgen.

Da das, was sich in Norduganda zugetragen hat, auf einem relativ kleinen Lebensraum passiert sei, betreffe es fast jeden Menschen in der Gesellschaft. Es sei ein kollektives Krankheitsbild, das sich hier manifestiert habe.

»Wie kann man den Menschen helfen?«, frage ich.

»Eigentlich müssten alle in die Therapie, was selbstverständlich unmöglich ist«, sagt er.

»Und wenn nicht?«, frage ich.

»Dann wird sich die Krankheit auf die nächste Generation übertragen«, sagt er.

»Eine posttraumatische Belastungsstörung ist nicht vererbbar«, sage ich.

»Gewissermaßen schon«, erklärt mir James, »weil die Kinder, die nächste Generation also, bereits mit der kranken Psyche ihrer Eltern konfrontiert sind.«

Häusliche Gewalt, Drogen- und Alkoholmissbrauch seien schon heute Phänomene, die es vor 10, 20 Jahren in der Gesellschaft der Acholi nicht gegeben habe. Dazu kämen die enorme Armut und die geringen Bildungschancen. Ein teuflisches Gemisch.

»Darunter leiden die Kinder. Sie müssen zwar nicht mehr fürchten, entführt zu werden, aber in immerwährender Angst zu leben, dass ihre Eltern ausrasten, macht ihr Dasein auch nicht viel besser«, fasst James das Leben in Norduganda im Frühjahr 2012 zusammen.

Es überrasche ihn deshalb auch nicht, dass viele Jungen freiwillig in die reguläre Armee einträten, weil sie dort Sold bekämen und als Männer respektiert würden. Viele lögen bezüglich ihres Alters und machten sich jünger, als sie in Wahrheit seien. Die Regierung drücke beide Augen zu. Die nächste Generation von Kindersoldaten in Norduganda sei bereits geboren. Ich lasse seine Worte sacken und unterhalte mich noch mit einigen Studentinnen aus Holland, die ihre Magisterarbeit über Kindersoldaten recherchieren und darauf hoffen, einige gute Storys zu bekommen.

»Was ist eine gute Story?«, frage ich eine der Studentinnen.

»Sie muss wahr sein. Und hart. Wir wollen die Welt aufrütteln«, sagen sie. »Die Welt muss das sehen, was hier passiert ist. Die ganze Wahrheit.«

»Was passiert eigentlich mit euren Arbeiten, nachdem ihr sie abgegeben habt«, frage ich.

»Wie, was passiert damit?«, fragen sie verblüfft zurück.

»Ich meine, was haben die Menschen hier davon, nachdem ihr sie befragt habt?«, frage ich weiter.

»Hey, zumindest können die Kinder sich ihren Kummer von der Seele reden«, erklärt eine der Studentinnen.

»Verstehe«, sage ich.

Hinter mir sitzt eine Handvoll russischer Militärpiloten, die sich mit lokalen Mädchen amüsieren. Vor ihnen warten halbleere Wodkaflaschen darauf, geleert zu werden. Die Männer reden laut, die Mädchen kichern. Alle sind angetrunken und guter Laune. Einer der Piloten kommt an die Bar und baut sich neben mir auf. Ein riesenhafter Kerl. Verschwitzt. Glatzköpfig. Ein Mann, der es gewohnt ist, Befehle zu erteilen.

Er bestellt Drinks. Ich stelle mich vor. Wir reichen uns die Hand und kommen ins Gespräch. Er ist ein Oberst, hat gut einen im Tee und spricht mit lockerer Zunge. Sein Englisch ist makellos. Der Oberst berichtet mir, dass er und seine Leute seit über sechs Monaten hier seien, um Ugandas Luftwaffe aufzubauen.

»Um die Ölvorkommen zu verteidigen?«, frage ich ihn.

Er lächelt.

»Gegen wen?«, frage ich ihn weiter.

Der Oberst spendiert mir einen Wodka. Wir stoßen an. Jetzt bin ich sein Freund. Zumindest für den Augenblick.

»Gegen wen denn nun?«, frage ich ein drittes Mal.

»Ist doch ganz einfach«, sagt er. »Über kurz oder lang wird der Nordsudan den Südsudan besiegen. Dann steht Khartum an der Grenze zu Uganda und vor unermesslichen Mengen von Öl. Die wollen beschützt werden. Darauf will Kampala vorbereitet sein. Die Amerikaner helfen. Wir helfen. Die EU leistet ihren Beitrag. Jeder verdient daran. So ist das Leben.«

»Also ein neuer Krieg, wo doch gerade erst Frieden herrscht?«, stelle ich fest.

»Frieden, mein lieber Freund, Frieden ist immer nur die Vorbereitung auf den nächsten Krieg. Oder anders gesagt, nach dem Krieg ist vor dem Krieg«, sagt der Oberst und verabschiedet sich. Offensichtlich hat er Besseres zu tun, als mit mir über Krieg und Frieden zu reden. Die Nacht ist noch jünger, als die Mädchen, die ihn wieder in ihrer Mitte empfangen.

Ich wende mich einem Mitarbeiter der Organisation *Invisible Children* zu, die, so berichtet er mir, weltweit zur Jagd auf Joseph Kony aufrufen will.

»Am 20. April wird Joseph Konys Bild auf jeder Häuserwand zu sehen sein. Jeder Mensch wird ihn kennen. So wie Hitler und Osama. Kony kann sich nicht mehr verstecken«, sagt mir der Mitarbeiter, ein US-Teenager, der so aufgeregt ist, als ob die Auferstehung Michael Jacksons bevorstehe. »Alter, hör zu, Kony ist für den Holocaust hier verantwortlich«, setzt er seine Rede fort.

»Lassen wir mal die Kirche im Dorf«, entgegne ich, »Afrika ist nicht Auschwitz.«

»Was ist Auschwitz?«, fragt er mich.

Er trägt Shorts, Turnschuhe und ein T-Shirt mit dem aufgedruckten Obama-Slogan: *We can do it!*

»Ihr wollt ihn berühmt machen?«, frage ich. »Am 20. April?«

»Berühmt und berüchtigt«, sagt der junge Mann und grinst mich breit an.

Seine Augen funkeln. In meinen über 15 Jahren Erfahrung in Afrika ist mir noch nie ein so enthusiastischer »Entwicklungshelfer« begegnet.

»So wie Che?«, frage ich ihn.

»Wer ist Che?«, antwortet er.

»Genau«, sage ich.

Kurz nach Mitternacht verlasse ich die Bar. Ich blicke in den sternenklaren Himmel und steige auf ein *boda-boda*, das mich sicher in mein Hotel bringt, das Acholi Inn, meine vertraute Herberge, in der ich schon seit zehn Jahren oder so übernachte. Ein Bett, vor dem rote Flip-Flops auf mich warten, ein Stuhl, ein Schrank. Mehr nicht. Einfach. Wie ich es mag. Auf dem Weg dorthin fahren wir an Hütten vorbei, aus denen Kerzenlicht flackert. Ich bilde mir ein, in diesem unwirklichen Licht auch das Leuchten von Seelen zu sehen.

Es ist der 1. April 2012, und es wird irgendwie nicht besser.

In Norduganda.

Nicht von selbst.

Nachwort

Immer wenn wir uns mit dramatischen Geschichten aus der Dritten Welt befassen, mitfiebern, aufgewühlt sind, zornig oder traurig, dann kommt sie irgendwann, die Frage: Wie soll sich das alles ändern? Was läuft alles falsch, woran liegt es, das millionenfache Elend? Und warum haben eigentlich 50 Jahre Entwicklungshilfe so wenig gebracht?

Auch die Geschichte von *Christine Hope*, der Kindersoldatin, wiederholt sich heute noch Hunderte Male, im Kongo, in der zentralafrikanischen Republik, im Sudan. So wie überhaupt meist die Kinder an Armut, Elend und Ungerechtigkeit leiden – sie wachsen zu klein und zu schwach auf, sie sterben an unnötigen Krankheiten wie Durchfall und Masern, sie schuften auf Kakaoplantagen, oder sie müssen allein ganze Familien mit Kleinkindern und Alten durchbringen, weil die Eltern an HIV/Aids gestorben sind.

Geschätzte zwei Billionen US-Dollar sind in den letzen 50 Jahren, seit dem Beginn der »modernen« Entwicklungshilfe, in die sogenannte Dritte Welt geflossen. Anfangs oft als karitative Hilfe, oder als politische Bestechung, um in Zeiten des Kalten Krieges Nationen in das westliche oder östliche Lager zu ziehen. Vieles ist versickert in den Taschen von Kleptokraten oder korrupten Verwaltungen, und manches hat sogar Schaden angerichtet, hat Kriege verlängert und Gangster finanziert.

Zwei Billionen, das hört sich viel an – heute geschätzte 100 Milliarden Euro jedes Jahr, die die gesamte westliche Welt für Entwicklungszusammenarbeit aufwendet. Nun ja, zum Vergleich: Die weltweite Rüstung verschlingt eine Billion – aber jedes Jahr! 350 Milliarden Euro fließen jährlich an Subventionen an die Landwirte in der OECD. 750 Milliarden Euro stecken im europäischen Rettungsschirm. Vier Billionen US-Dollar haben die Kriege im Irak und in Afghanistan die USA und ihre Verbündeten bisher gekostet.

Schwindlig kann einem bei diesen Zahlen werden. Unvorstellbar eigentlich. Aber unvorstellbar ist eben auch die Situation der somalischen Hungerflüchtlinge in den Ländern des Horns von Afrika. Oder das Schicksal von *Hope*, der Kindersoldatin. Und 100 Milliarden, das bedeutet rechnerisch eine Investition von 50 Euro in jeden der zwei Milliarden Menschen, die an oder unter der Armutsgrenze leben. 50 Euro in jedem Jahr, vier Euro jeden Monat oder zwölf Euro-Cent jeden Tag.

So einfach ist es also nicht, mit der Rechnung. Zumal ein großer Teil dieser Gelder gar nicht in die direkte Armutsbekämpfung fließt, sondern in Aufträge für westliche Firmen, in Wirtschaftsinvestitionen, in Budgethilfe, die es oft nicht mal aus der jeweiligen Hauptstadt hinausschafft.

Weg also mit der Allmachtsunterstellung, Entwicklungshilfe könne die (Dritte) Welt retten! Gier, Hass und Korruption werden nicht durch Entwicklungshilfe verschwinden. Unfaire Handelssysteme übrigens auch nicht, und auch nicht der heute so beliebte Landraub, der aus dem Kontinent Afrika mal wieder eine weltweit knapp gewordene Ressource herauspresst, um den Energie- und Fleischhunger Europas und Asiens zu befriedigen.

Für das Beseitigen dieser himmelschreienden Ungerechtigkeiten ist nicht Entwicklungshilfe notwendig, sondern politischer Mut, Weitblick und Empathie. Mut, weil es heißt, sich anzulegen mit denjenigen, die verbrecherisch und rücksichtslos handeln. Weitblick, weil globaler Hunger und globales Elend irgendwann – eigentlich schon jetzt – bei uns ankommen. Und Empathie, weil wir doch alle mit einem humanistischen Wertesystem groß geworden sind, als Christen und Mitmenschen, denen das Leid des Nachbarn eine Verpflichtung sein sollte.

Und was macht denn nun eigentlich die Entwicklungshilfe? Nun, wir Helfer sind schon lange transformiert – wir betreiben »Zusammenarbeit«, Capacity Building, Empowerment, Hilfe zur Selbsthilfe. Wir fördern Kooperativen und Genossenschaften, wir fordern die Einhaltung von Menschenrechten, gehen gemeinsam mit unseren Partnern hier wie dort in den politischen Clinch mit den Mächtigen, halten politische Entscheider verantwortlich für Unrecht und Benachteiligung. Vieles von dem, was wir tun, ist gar nicht mehr so sichtbar, aber dafür umso wirksamer. Misstrauen Sie dem Entwicklungshelfer, der nur noch Brunnen bohrt! Fragen Sie ihn, wie er sicherstellt, dass dies der letzte Brunnen ist, der dort jemals mit ausländischer Hilfe gebohrt werden muss! Und was die lokale Bevölkerung alles tut, damit das Projekt ein Erfolg wird. Und die lokale Verwaltung und der Chief und die örtliche Wirtschaft, und jeder, der vor Ort Verantwortung trägt.

Und bevor wir es vergessen: 89% aller Kinder der Welt gehen mittlerweile zur Schule. 2,7 Milliarden Menschen haben seit dem Jahr 2000 Zugang zu sauberem Trinkwasser erhalten. Und es hungern nur noch 17% der Weltbevölkerung – 1962 waren es noch 33%.

Möglich ist vieles! Denkbar ist sogar eine Welt ohne Armut und Hunger.

Dr. Wolfgang Jamann
Vorstandsvorsitzender der Welthungerhilfe

50 JAHRE WELTHUNGERHILFE

➲ Die Welthungerhilfe wurde 1962 gegründet und begeht in diesem Jahr ihr 50. Jubiläum. Heute sind wir eine der größten Hilfsorganisationen in Deutschland und führen zur Zeit ca. 300 Auslandsprojekte in 39 Ländern durch.

➲ Wir sind dort tätig, wo die Armut am größten ist: in Afrika, Südamerika und Asien.

➲ Wir kämpfen gegen den weltweiten Hunger und für nachhaltige Ernährungssicherheit.

➲ Dies schließt die Förderung standortgerechter Landwirtschaft, den Zugang zu sauberem Wasser und zu moderner, umweltfreundlicher Energieversorgung sowie die Verbesserung von Gesundheit und Bildung ein.

➲ Wir arbeiten vor allem in ländlichen Regionen.

➲ Wir begegnen den Menschen, mit denen wir arbeiten, mit Respekt, Solidarität und Mitgefühl.

➲ Unser Handeln zielt auf die nachhaltige Verbesserung von Lebenschancen auch für zukünftige Generationen in einer gesunden Umwelt und einer gerechten Gesellschaft.

➲ Unsere Vision ist eine Welt, in der alle Menschen die Chance haben, das Recht auf ein selbstbestimmtes Leben in Würde und Gerechtigkeit, frei von Hunger und Armut, wahrzunehmen.